LE PORTRAIT DISPARU

DU MÊME AUTEUR

Les Dames de Tarnhac, Presses de la Cité, 2005.
Le Marchand de Bergerac, Presses de la Cité, 2007. Prix Mémoire d'Oc
La Cousette de Commagnac, Presses de la Cité, 2008
Le Double Secret de Bigaroque, Presses de la Cité, 2010
Passions romaines, Presses de la Cité, 2011
La Vérité pour héritage, Presses de la Cité, 2013
Une année dans la vie d'une femme, Presses de la Cité, 2016
La Dernière Héritière, Calmann-Lévy, 2018. Prix de l'Académie du Périgord
Saint-Émilion mon amour, Presses de la Cité, 2020

Guillemette DE LA BORIE

LE PORTRAIT DISPARU

Roman

CALMANN LÉVY
territoires

CALMANN LÉVY
ÉDITEUR DEPUIS 1836

COUVERTURE
Maquette : Le Petit Atelier
Illustration : © Magdalena Kolakowska / Trevillion Images

ISBN 978-2-7021-8037-2

AVERTISSEMENT

Ce roman s'appuie sur des faits historiques : le sauvetage des collections d'art françaises grâce à leur évacuation vers le sud-ouest de la France, la spoliation des Juifs durant la Seconde Guerre mondiale, la Résistance dans le Tarn-et-Garonne, la lettre solennelle aux chrétiens de Mgr Théas, évêque de Montauban, et son appel aux établissements religieux pour qu'ils accueillent des enfants et des familles en danger.

Mais bien sûr, l'histoire qui est racontée ici est pure fiction. Toute ressemblance avec des personnages ayant existé, sauf lorsqu'ils sont cités sous leur véritable nom, ne peut être que le fait du hasard.

PROLOGUE
1999

Une œuvre d'art surgit dans son temps et de son temps,
mais elle devient œuvre d'art par ce qui échappe.
André Malraux

Sur son estrade, le jeune commissaire-priseur est d'un chic décalé, gilet fleuri sur jean étroit, mèche gominée, brillante comme une aile de corbeau. Avec des escarpins vernis, il aurait pu appartenir au décor qu'il est en train de disperser. C'est un château entier qu'on vide, dans un salon décati où meubles et objets ont été empilés serrés le long des boiseries. Accumulés durant des siècles par des générations de châtelains qui se croyaient installés là pour toujours.

Des siècles d'histoires accumulées aussi.

— Dans ces vieux murs de La Poujolle, rappelle le commissaire avec emphase pour mieux faire monter les enchères, est née une jolie comtesse, dame d'honneur de la reine Catherine de Médicis, y est mort aussi un membre d'une ambassade de Louis XVI aux Indes, après avoir fait fortune et enjolivé sa demeure. Les huguenots du XVIe siècle ont incendié la tour nord, et les croquants du XVIIe démantelé celle du sud. Plus près de nous, au siècle dernier, une partie des collections du Louvre, fuyant les nazis, a trouvé refuge ici.

Chaque morceau de cette longue histoire a abandonné une strate du fouillis qui vient d'être trié, expertisé, étiqueté, catalogué par la maison d'enchères.

Une ère nouvelle commence : le département de la Dordogne a acquis le domaine, et déjà programmé des travaux gigantesques pour en faire un futur centre d'interprétation culturel et touristique.

En attendant, antiquaires, collectionneurs et curieux ont reçu pour la vente aux enchères un catalogue sur papier glacé dont ils ont déjà épluché le contenu. Puis ils ont été priés de s'aligner sur des chaises pliantes, face à l'estrade du commissaire-priseur.

Alyssia Chamassy, silhouette d'étudiante et cheveux de feu enroulés autour d'un crayon en guise de pince, pose son sac à dos sur une chaise vide. Elle ne se sent pas du tout à sa place ; trop jeune, trop inexpérimentée, trop rousse pour passer inaperçue, et surtout trop émue. Elle triture le catalogue, qu'elle connaît par cœur.

Château de La Poujolle
17 juin 1999
Vente complète de mobilier, tableaux,
bijoux et objets d'art

Et soudain, cela démarre à toute allure.

— Mesdames et messieurs, lot numéro 1 ! Nous commençons l'enchère à 2 000 francs. 2 500 francs ! Madame au premier rang, l'ordre est couvert ! 2 800 au fond de la salle, 3 000 au téléphone, allons, qui dit mieux ? J'entends 3 500 ? C'est bien vu ! En *live*, nous avons 4 000, à 4 000 nous sommes…

Manutentionnaires, crieurs et jeunes clercs, tout aussi apprêtés et affairés que leur patron, jouent leur partition sur le même tempo. Les premiers présentent les objets, les seconds distribuent tickets et reçus, les troisièmes sont accrochés au téléphone et aux écrans. Un ballet bien réglé.

On avance tambour battant à travers le menu fretin : un étui à cigarettes en argent, gravé d'armes, une paire de chandeliers, une collection de papillons sous verre, un lot de sept éventails, une douille d'obus sculptée en forme de vase…

Tous objets qui, en perdant leur histoire, se réduisent à une valeur très aléatoire.

Le public, lui, a des gestes infiniment retenus pour lever un doigt ou crayonner un chiffre, des regards et des chuchotements discrets.

« Ils se connaissent tous, et surtout, ils connaissent parfaitement les règles du jeu », se dit Alyssia. Elle relit pour la dixième fois le précieux catalogue, le lot 87 exactement :

Sept tableaux de composition moderne, vers 1930, huile sur toile, châssis sans cadre, signés au coin droit AD. Provenance inconnue, sans titres. Légères rousseurs et accidents.

Une seule étroite vignette pour présenter tout le lot, deux jeunes filles qui se regardent, dont elle connaît chaque détail.

Sur son téléphone silencieux, s'éclaire un dixième message encourageant de Théophile. Elle redresse le dos, regarde en face l'écran qui domine l'estrade, sur lequel s'affichent en gros plan deux poteries aux panses rebondies, avec des animaux cornus gambadant joyeusement autour.

— Lot numéro 18 : pour ces deux potiches chinoises à col cylindrique, milieu du XIXe siècle, provenance certifiée, restaurations et manques visibles, on en veut 5 000 francs. 6 000 ? 6 500 ? Adjugé !

Une enchère chasse l'autre.

— Petit secrétaire Louis XV en marqueterie de bois de rose et palissandre à décor d'ailes de papillon dans un médaillon souligné de palissandre.

Le commissaire-priseur détaille le lot numéro 26 à grande allure, presque en chantant :

— Façade galbée, dessus en marbre rouge des Pyrénées mouluré et galbé. Il ouvre par un abattant en partie haute et deux portes en partie basse. Époque XVIIIe siècle, restauration à prévoir. L'abattant, maintenu par des compas, est gainé d'un cuir bordeaux usagé, et découvre un tabernacle en palissandre avec fond et côtés en chêne. Il est composé de sept casiers, quatre petits tiroirs et deux plus grands dont les façades sont en bois de rose et garnies de boutons de tirage en laiton. La partie basse, dont l'intérieur et l'étagère sont en chêne, ferme par une serrure. Nous avons une offre en *live* à 18 000 francs, à 18 000 francs nous sommes, qui dit mieux ?

Silence dans la salle. Personne ne surenchérit.

Le XVIIIe siècle est passé de mode, peu adapté aux logements modernes, et la restauration de la marqueterie coûte cher, Alyssia sait tout cela.

— À 18 000 nous sommes, une fois, deux fois, trois fois ? Adjugé.

Le gandin fait retentir son marteau dans l'indifférence. Il reprend du souffle pour saluer une nouvelle entrée en scène :

— Une paire de fauteuils Charles X en érable, accotoirs en crosse marquetée de palissandre, pieds volutés. Qui veut, messieurs dames, de ces charmants fauteuils ?

La salle surenchérit mollement.

Si seulement cela se passait ainsi pour les tableaux !

Alyssia se le répète pour s'en persuader : des toiles anonymes, sur des sujets assez banals, dont personne ne connaît l'histoire. Aucune valeur, sauf pour elle.

— Lot numéro 52 : bague avec important diamant taille brillant, 1,90 carat environ, épaulé de diamants taille brillant, monture platine. Poids brut : 5,3 g ; 80 000 francs.

Frémissement dans l'assistance. Une femme lève le doigt très haut, les yeux un peu exorbités. Pas professionnelle, cela se voit.

Alyssia éprouve de la compassion pour ce geste de désir inconsidéré.

— 85 000, madame ? 90 000 au fond, 100 000, monsieur, c'est bien vu, alors 120 000, madame ? Oui ! Ah, 130 000 au téléphone... 150 000... à 160 000 francs nous sommes !

Le commissaire-priseur se prend au jeu, pointe son marteau aux quatre coins de la salle, dirige une musique qui s'emballe.

— 180 000 en *live* !

— 200 000 au fond, pour monsieur ! Madame ?

La dame renonce. Il semble à Alyssia qu'elle a les yeux brillants. L'enchère s'achève sur sa lancée :

— À 240 000 francs nous sommes. Qui atteindra les 250 000 ? 250 000, nous y voilà, un, deux, trois, adjugé !

Satisfait, il abaisse son marteau.

Du beau travail, l'estimation multipliée par trois, grâce à la convoitise manifestée par une seule acheteuse.

Alyssia a l'impression d'être la seule à suivre des yeux la femme qui se lève et quitte la salle, en dérangeant ses voisins sans les voir.

Un instant, se construit un roman. Peut-être est-ce une descendante flouée de la famille qui brade son patrimoine ? Et si cette bague avait été offerte autrefois à sa grand-mère par un prince russe ?

Cela l'attriste un peu, et surtout l'inquiète pour la suite.

C'est le voisin d'Alyssia qui a gagné l'enchère. Petit homme en cuir noir, qui empoche sans apparente émotion le reçu de sa victoire.

Se reconcentrer.

— Lot numéro 68, école française du XIXe siècle, portrait dit du chevalier de Tousché, 1747-1792, dans son cadre de bois doré. Estimation : 5 000 francs.

Alyssia se raidit. On arrive aux tableaux.

Le même bonhomme, nonchalamment, lève un doigt. À peine, mais le commissaire-priseur l'a désormais à l'œil.

— 6 000 francs pour monsieur ? Qui dit mieux ? Adjugé !

Le marteau résonne.

Et 3 500 francs pour une Vierge à l'Enfant de l'école italienne, copie assez grossière d'un sujet classique. 10 000 pour un campement militaire d'origine hollandaise, avec des uniformes flamboyants. 2 500 pour une nature morte aux raisins, plate et sèche en effet. 24 000 francs pour un portrait de femme inconnue.

— Un cadre de bois doré finement travaillé, peinture française du XVIIIe !

Tous les lots sont pour son voisin, qui fourre au fur et à mesure les reçus dans sa poche.

Comment vont se comporter les enchères des *Deux jeunes filles* ?

— Lot numéro 86, deux voiliers devant le canal de Suez, aquarelle, années 1950. Sans doute extraite d'un carnet de voyage…

La bouche sèche, les mains crispées sur le catalogue, Alyssia n'entend plus rien.

— En 87, nous avons un ensemble de peintures à l'huile signées des mêmes initiales : AD. Époque contemporaine. En mauvais état car conservées dans un lieu humide. Origine inconnue, inscriptions grattées à l'avers.

Les assesseurs, dans un quadrille parfait, déposent, les toiles sur des chevalets, l'une après l'autre.

De loin, on ne voit pas grand-chose. Mais c'est pour cette enchère-là qu'Alyssia a fait six cents kilomètres depuis Paris. Seule, puisque Théophile passait ses dernières épreuves justement cette semaine. Mais lui aussi veille au téléphone.

— Nous commençons à 5 500 francs.

La caméra caresse alternativement les toits de Paris, les yeux de la femme, les visages des enfants. Les tableaux défilent en même temps sur l'écran : des fenêtres éclairées sous des toits de zinc, un grand pont où se hâtent des passants fouettés par le vent, une femme dans un camaïeu de bleus, et enfin deux silhouettes de jeunes filles penchées l'une vers l'autre…

C'est ce tableau-là qu'elle veut, à n'importe quel prix. Ou plutôt le moins cher possible.

Jamais elle ne l'avait vu pour de vrai, jamais elle n'en avait été aussi proche, et cela la fait trembler.

Pour ne pas apparaître trop débutante, ou trop accrochée, Alyssia lève à peine la main. Puis par crainte de ne pas être assez visible, remonte le bras. Puis l'abaisse, puis le remonte. Se sent ridicule.

Elle a rassemblé un trésor de guerre de 11 000 francs, qui ne lui appartient pas vraiment. La réserve de sécurité que son père laisse sur son compte d'étudiante, additionnée de ses économies. Jusqu'à maintenant, avec une somme pareille, elle se sentait très riche et très sûre de son coup. Mais à force de voir défiler les milliers de francs depuis tout à l'heure…

— Madame, vous faites un effort jusqu'à 6 000 ?

— 6 500 monsieur ?

— 7 000 madame ?

Ils ne sont que deux en lice. Le commissaire-priseur joue sur leurs nerfs avec une parfaite amabilité. Plus l'enchère monte, plus il arrondit sa commission.

— 7 300 ?

Le petit vieux fait un bref signe de tête. Ces deux-là sont de connivence, c'est évident.

— Allons, dites 7 500 et ce sera pour vous, madame ?

— 8 000 !

— 8 500.

Ça y est, Alyssia doit lâcher et elle le sait.

Avec les trente pour cent de commission pour la maison d'enchères, elle a atteint son budget. Mais elle serre les dents :

— 8 800 !

— 9 000.

Ses épaules se voûtent. Impossible de suivre.

— Adjugé, monsieur.

Immobile, elle laisse le temps passer, dans un brouillard de mots et de francs.

— Lot 88, nous commençons à 4 500 francs…

La ritournelle continue, « à 6 000 francs nous sommes », pendant qu'elle textote à Théophile : « C'est mort ».

Le grand vide. Après tant de temps, d'espoir, de recherches, de kilomètres.

Pas le courage d'exposer son échec en sortant. Elle s'enfonce dans sa chaise, en attendant on ne sait quoi. Théo répond aussitôt : « On a encore un coup à jouer ! »

La vente s'arrête à midi pile, dans un remue-ménage de chaises.

— Messieurs, mesdames, nous reprenons à 14 heures ! annonce un assistant pressé d'aller déjeuner.

L'unique bistro du village voisin va être pris d'assaut, évidemment.

Traverser le vestibule sombre, suivre le flot vers le perron, se laisser malgré tout impressionner par les beaux arbres du parc – en d'autres circonstances elle aimerait les dessiner –, tâter la clé de la voiture de location dans sa poche, reprendre la route. Quelle lassitude !

Quelqu'un lui touche l'épaule. Alyssia se retourne. C'est l'homme en noir, son voisin, son vainqueur. Regard rageur, qu'elle ne maîtrise pas.

L'homme, impavide :

— Vous en voulez un morceau, du lot 87 ? Moi, vous savez, ça m'est un peu égal. J'achète pour une décoratrice qui en fait des abat-jour, des paravents... Alors, au mètre, il n'y a pas grande différence.

Il sort de sa poche, par poignées, des reçus chiffonnés, les agite devant Alyssia.

Elle repère aussitôt le bon, qui n'a même pas de nom, et murmure :

— *Les Deux jeunes filles*...

— Eh ben voilà, ma petite demoiselle ! Tout est payé, vous n'aurez plus qu'à aller le récupérer à l'hôtel des ventes, à Bergerac, à partir de demain.

Alyssia adresse à la terre entière le plus beau des sourires. En oublie de demander combien elle doit à l'homme en noir.

Il a déjà disparu dans la foule. Lui aussi devait avoir faim.

PREMIÈRE PARTIE

1937

1

Une œuvre d'art est un coin de la création vu
à travers un tempérament.
Émile Zola

Tous les jours, la gouvernante l'attendait devant le portail du cours Sainte-Opportune. Jamais en retard, jamais de mauvaise humeur ; ni de bonne d'ailleurs. Apolline Chamassy devait donner la main pour traverser le boulevard. Et admettre que oui, la journée s'était bien passée. Alors, pour éviter de répondre, elle se concentrait très fort sur les pavés sombres qui recouvraient les rues du VIIe arrondissement de Paris. Avec l'objectif de ralentir le retour à la maison, et le passage à l'étape suivante.

Poser le pied exactement au centre de chaque dalle, sans toucher les joints de couleur plus claire ; en équilibre, sans lâcher la main de Mlle Cabanac.

— Apolline, vite ! ne faites pas attendre votre professeur !

Le programme de la semaine était immuable : le lundi, une autre Mademoiselle, ancienne élève de sa mère, venait à la maison pour lui faire faire des gammes. Sur le demi-queue Érard qui avait été celui de Mme Chamassy, et sous le regard de son portrait. Cela tétanisait le professeur autant que l'élève. Mardi, cours de danse à l'académie Réjane, au coin de la rue de Babylone. En perdant sa grâce d'enfant, Apolline n'intéressait plus guère la retraitée de l'Opéra Garnier, à la recherche de talents à éduquer. Mercredi, c'était le jour du tub, et des papillotes pour ses épaisses anglaises brunes. Le jeudi, la gouvernante recevait les fournisseurs. Dont la couturière, une vieille Polonaise autoritaire :

— Attention aux épingles, les bras en l'air !

Des essayages interminables pour la petite fille de onze ans, et toujours à contre-saison : elle grelottait l'hiver en petite tenue, étouffait en juin dans des manteaux de laine faufilés.

Les jeudis sans école, elle recevait parfois une invitation à un goûter d'anniversaire, chez une « petite amie » de Sainte-Opportune. Elle offrait invariablement un recueil des fables de La Fontaine, choisi par Cabanac.

Le vendredi, atelier de dessin au Cherche-Midi. Son jour préféré, sans qu'elle sache encore pourquoi : pour les « sujets » imposés, natures mortes ou paysages, elle aimait choisir longuement des couleurs inédites. Ou bizarres, selon le professeur qui enseignait à ses élèves l'art de la copie.

Apolline savait bien en revanche, parce que la concierge le lui répétait presque à chaque passage dans le hall d'entrée, qu'elle avait bien de la chance d'être ainsi entourée. Par sa gouvernante, bien sûr.

Jamais elle n'aurait osé répondre, mais cette chance suscitait justement en elle un immense sentiment de solitude. Sans mots, juste un creux dans le ventre et un vide dans la tête.

Elle, son père et la gouvernante vivaient tous les trois dans le grand appartement du boulevard Saint-Germain. Rien sans doute n'avait changé depuis la disparition de ses grands-parents maternels ; en tout cas pas depuis celle de sa mère, sept années auparavant. M. Chamassy avait confié en bloc à Cabanac la charge de la maison et de l'orpheline : les menus à établir chaque lundi, le marché du mardi, le poisson du vendredi et les comptes du ménage à présenter le même jour, qu'il regardait à peine. Les parquets étaient cirés et l'argenterie frottée chaque semaine.

M. Chamassy était un père à l'ancienne, sévère, scrupuleux et absent. Cela aurait été gâter sa fille que de lui montrer de l'affection. Il présidait avec la même conscience pointilleuse le cabinet d'assurances hérité de son beau-père ; partait tôt et rentrait tard, quand il n'était pas en voyage.

Parfois, le soir, il pénétrait dans la chambre obscure d'Apolline, s'approchait de son lit pour tracer une petite croix sur son front. Pour lui plaire, elle faisait semblant d'être déjà endormie. Car sinon, il en semblait désolé et demandait en chuchotant si elle avait été obéissante, ou si elle avait bien travaillé... Toujours les mêmes mots, auxquels elle ne savait quoi répondre. Il aurait fallu lui expliquer d'abord tant de choses ! Mais elle lui pardonnait de ne pas les connaître.

Parce que la concierge le répétait aussi : M. Chamassy était un veuf si méritant ! Et de dérouler l'histoire aux occupants de l'immeuble qui voulaient bien l'écouter.

2

Tout artiste est précieux car il apaise le monde humain et enrichit le cœur des hommes.
Natsume Soseki

Comme beaucoup de provinciaux, Henri Chamassy était devenu délibérément parisien. Né avant le tournant du XXe siècle, fils unique d'Irène et Urbain Chamassy, archétypes de la bourgeoisie de Montauban, il avait grandi à la villa Mirasol, sous la houlette d'une mère très pieuse, un peu victorienne, et d'un père gravement gazé à Ypres. « Tant que tu n'auras pas fait la guerre, répétait l'ancien combattant à son fils, tu n'auras pas voix au chapitre… » Urbain avait lentement périclité, en même temps que son étude d'avoué, et rendu l'âme pour le dix-septième anniversaire d'Henri.

Fils et petit-fils d'avoué, Henri était destiné de toute éternité à faire son droit. Il partit donc à dix-sept ans pour la faculté de Toulouse, sachant déjà qu'il ne reviendrait jamais à Montauban et son désert d'ennui. La vie étudiante ne l'avait pas déçu, en lui offrant la passion de la politique avec la liberté escomptée. Il avait été militant encore plus qu'étudiant, dans le seul univers qu'il connaissait : Camelot du roi, nationaliste, vendeur pour les journaux d'Action française. Capable de siffler les réunions des « rouges » ; mais pas de faire le coup de poing pour ses idées. Car Henri, outre qu'il n'aimait ni la bagarre ni le rugby, même s'il avait la carrure nécessaire, commençait à douter de ses combats, et à entrevoir d'autres univers. Avant même d'obtenir sa licence, la décision était prise, il monterait à Paris où se jouait l'avenir du pays !

Et devança pour cela le service militaire. Un camarade de régiment lui parla d'une place qu'il ne prendrait pas, car son équipe de rugby ne l'attendrait pas si longtemps : il fallait passer une année au siège parisien d'un cabinet d'assurances – une année entière dans le Nord ! – avant de redescendre créer la succursale toulousaine. Henri topa et prit aussitôt sa place.

À Paris, il trouva ce qu'il ne cherchait pas, et dont il ne voulait surtout pas à Montauban : un mentor, et une famille. Celle de Charles Barrière, croix de guerre avec palmes, fondateur du prospère cabinet d'assurances de Grenelle. Celui-ci vit dans ce jeune homme brun et carré, bien élevé et volontaire, le fils qu'il n'avait jamais eu, un successeur.

Henri Chamassy possédait l'énergie et l'idéalisme de la jeunesse. Restait à le dégrossir de son provincialisme, le dessiller de ces idées toutes faites qu'il affichait, et lui apprendre à travailler. La clairvoyance et l'expérience viendraient avec l'âge.

Barrière s'y était très vite attelé :

— Je vous emmène déjeuner, mon cher Henri ?

Devant les dactylos étonnées, le patron sortait de son bureau, choisissait au vu et au su de tous un seul des jeunes courtiers qui bataillaient dans ses bureaux pour se faire remarquer.

Henri était infiniment sérieux, honnête et courageux. Il avait passé toute sa jeunesse enfermé dans les souvenirs de la Grande Guerre et les drames personnels de sa mère, sans avoir jamais appris à être heureux ni à rire.

Ces déjeuners en tête à tête, qui se tenaient à *La Fontaine de Mars*, l'initièrent à la bonne chère. Rien que pour cela, il resterait fidèle toute sa vie à la vieille brasserie parisienne.

M. Barrière parlait gestion, assurances et réassurances ; catastrophes naturelles et cargaisons perdues. Mais très vite, ils en venaient à la situation politique de la France, de l'Europe, du monde.

— Plus jamais la guerre ! répétait Charles, travaillant au corps le nationalisme du jeune homme, qui n'avait jamais passé une frontière.

Il voyait une urgence à diversifier le portefeuille du cabinet, à répartir les risques au-delà du territoire national.

— L'Union, la Foncière, Phoenix, l'Urbaine et Soleil se développent en réseau, ouvrent des agences à l'étranger. Elles seront d'autant plus solides pour affronter la concurrence…

Il poussait le jeune homme triste dans ses retranchements :

— L'internationale juive ? Enfin, dites-moi, connaissez-vous personnellement un seul israélite responsable des agissements que vous et vos amis leur prêtez ? Entre vos voisins de bureau, dites-moi, quelle différence voyez-vous ?

Henri s'étonna de découvrir des Juifs amicaux et travailleurs parmi le personnel. Comme il avait une bienveillance de fond, il en prit volontiers acte. Mais il ne se rendit pas sans combattre : il observa, lut, argumenta, réfléchit ; en même temps se construisit une méthode de travail. À la satisfaction de son pygmalion.

Après les déjeuners, ce furent les dîners : les Barrière habitaient un grand appartement boulevard Saint-Germain, à deux pas du cabinet. Charles était veuf, ceci expliquant sa disponibilité. Il avait une fille unique qui tenait son ménage tout en donnant des leçons de piano. Henriette, une petite brune intelligente et agréable, était plus âgée de six ans que Charles. Elle avait soigné sa mère durant les années où les jeunes filles se marient, ce qui faisait d'elle presque une vieille fille. Le trio s'entendit étonnamment bien, et ces soirées de discussion, prolongeant les leçons du jour, animaient le grand appartement sombre.

— La démocratie est le moins mauvais des régimes. Il faut la défendre plutôt que l'attaquer sur ses faiblesses, mon jeune ami !

Henriette se mettait au piano pour apaiser son père.

Devenu indispensable au cabinet de Grenelle, Henri fut intronisé officiellement comme le successeur du président. Mandaté par lui, il découvrit Berlin, Londres, Vienne, Zurich et Amsterdam, apprit avec ardeur l'anglais et l'allemand. Noua des contacts et recruta des agents : il s'agissait pour Henri de partager géographiquement les risques dans une Europe en ébullition, et pour Charles d'agrandir l'univers et la pensée de son dauphin.

L'héritier consciencieux ne prenait jamais de vacances. Hormis pour Noël où il redescendait dans le Sud-Ouest passer une semaine avec sa mère à Montauban.

Quand Charles Barrière contracta une mauvaise grippe, sorte de réplique de l'effrayante grippe espagnole dont le monde gardait un souvenir terrible, Henri était à son chevet autant qu'à leurs affaires communes. Démontrant à la fois une réelle affliction, et sa maturité à tenir les rênes du cabinet.

Le jour où il expira, le 27 février 1924, la crue de la Seine menaçait le quartier Saint-Germain, la valeur du franc chutait une nouvelle fois, alors que les gouvernements se succédaient sans obtenir la confiance à la Chambre. Mlle Barrière se montra heureuse de pouvoir compter sur lui, et le lui avoua.

Henri et Henriette se marièrent à la fin du mois de mars, dans la plus grande intimité en raison de leur deuil récent. Même Mme Chamassy renonça à monter à la capitale; trop âgée, le cœur trop fatigué pour une telle expédition.

Par fidélité envers son beau-père autant que par inclination personnelle, Henri Chamassy continua corps et âme à développer l'affaire familiale. Sa façon d'être heureux, c'était de se sentir utile, d'assurer la puissance et l'honneur de son pays.

La vie se poursuivit donc boulevard Saint-Germain sans grand changement : Henriette gouvernait la même maison, et savait gré à son mari de poursuivre l'œuvre de son père. Bientôt, elle eut des espérances.

À la Noël 1925, la jeune Mme Chamassy était presque sur le point d'accoucher. Elle écrivit une lettre respectueuse à sa belle-mère pour s'excuser de ne pas faire le long voyage en train pour accompagner Henri à Montauban. L'année suivante, une méchante rougeole l'empêcha de venir présenter la petite Apolline, née pour leur plus grand bonheur en février 1926. Elle prit donc ses dispositions pour pouvoir désormais accompagner son mari dans ses déplacements, et recruta une gouvernante très capable. C'est ainsi que Mlle Cabanac entra au service des Chamassy.

Mais Henriette ne fit jamais la connaissance de sa belle-mère, ni de Montauban, ni de la villa Mirasol. En 1928, alors qu'elle attendait un nouvel heureux évènement, une crise d'éclampsie l'emporta, en même temps que sa petite Félicie nouvelle-née.

Henri avait eu à peine le temps d'apprendre le rôle de mari, et encore moins celui de père, qu'il devenait veuf. Il fit face avec courage et dignité, sans pouvoir s'appesantir sur lui-même : une grande dépression économique arrivait d'Amérique, menaçant la survie même du cabinet d'assurances, avec une série noire de faillites et d'impayés. Dans ces sombres années d'après 1930, il dut se battre comme un diable, en s'appuyant sur les leçons de Charles : le salut ne viendrait que des alliances d'intérêts les plus larges, sans préjugés de race. L'avenir de son affaire, comme du monde occidental, reposait sur une coopération entre les États, et leurs empires coloniaux.

Le cabinet de Grenelle établit un bureau permanent dans la City londonienne ; et Henri fit son premier voyage transatlantique sur le *Normandie*, abordant la baie de New York le jour des sept ans de sa fille.

À peine de retour, en février 1934, de ses fenêtres ouvertes sur le boulevard Saint-Germain, il vit marcher en direction du palais Bourbon tout proche, les rangs serrés de ces ligues d'extrême droite qu'il connaissait si bien. Des coups de feu retentirent, il fit fermer jusqu'aux volets pour protéger sa fille du bruit.

Un voyage à Munich l'instruisit aussi sur le climat de terreur qui régnait en Allemagne. Le nouveau chancelier, Adolf Hitler, venait de décider de la purge sanglante des sections d'assaut qui l'avaient porté au pouvoir. Le jeune homme triste, qui n'avait jamais aimé la violence, était passé définitivement du côté de l'ordre et de la responsabilité, prêt à combattre pour les défendre.

Par devoir envers Irène Chamassy, et parce que sa fille n'avait plus d'autre famille que la vieille dame, il s'astreignait à passer Noël à Montauban. Mais s'y ennuyait encore plus que dans sa jeunesse : il avait perdu toute intimité avec la vieille villa Mirasol, toute complicité avec ses anciens condisciples du collège Saint-Théodard. Pire, il s'agaçait de tout, de la vie rétrécie et des habitudes d'économie de la veuve de guerre ; de l'accent et de la léthargie des Méridionaux et plus encore de leur optimisme joyeux. Ceux-ci refusaient de voir la montée des régimes autoritaires et les menaces contre cette démocratie que Charles Barrière lui avait appris à aimer. Bref, Henri était tout à fait devenu un Monsieur de Paris. À l'inverse, son agitation et ses idées catégoriques épuisaient sa mère, qui voyait repartir le père et la fille, suités de l'inévitable gouvernante, avec des regrets teintés de soulagement.

Car parmi l'héritage précieux de son épouse disparue, il y avait Cabanac. La gouvernante assurait parfaitement à la fois l'intendance de la maison et l'éducation d'Apolline. L'été, elle emmenait la petite dans une villa louée sur la plage du Touquet. Henri lui faisait confiance, pour tout et une fois pour toutes.

Dès lors, fuyant peut-être la solitude à travers une intense activité, qu'il appelait son devoir d'État, Henri Chamassy s'engagea en politique, parmi les conservateurs « bellicistes » qui se levaient contre les régimes autoritaires. Il effectua aussi rigoureusement ses périodes militaires, et fut élevé en 1936 au grade de capitaine de réserve.

Dans le grand appartement sombre, sa présence intermittente, toujours préoccupée de l'avenir du monde, créait un climat d'anxiété effrayant pour sa fille. Elle avait donc peur de tout, et Dorothée de rien.

3

L'art nous donne cette incroyable force
de faire face à l'adversité.
Malou Moulis

Dorothée Fogarscy avait surgi dans la vie d'Apolline en mars 1938, juste après son douzième anniversaire. Alors qu'elle devenait « grande et raisonnable », comme le lui assura Cabanac en lui offrant de la part de son père, qui était en voyage, une jolie pochette de cuir à porter en bandoulière « comme une jeune fille ». Ce sac à main lui donna de l'assurance juste au moment où il le fallait : d'un petit coup de menton désagréable elle refusait désormais de donner la main dans la rue ; se débarrassait de ses papillotes en secret, la nuit ; et se tournait vers la lumière.

C'était plutôt le bruit, avec cette tribu de sept personnes qui déboulait tout d'un coup dans leur respectable immeuble haussmannien. Quatre enfants dont le dernier ne marchait pas encore. Dans l'escalier, et juste au-dessus de leurs têtes, au troisième étage, c'était un tintamarre presque permanent, des exclamations dans une langue inconnue, des allées et venues et des fêtes bruyantes. Le comble du mauvais goût.

À chaque « incident », un visiteur frappant trop fort à la porte de la loge, un enfant dévalant l'escalier, des fenêtres ouvertes sur des rires, la concierge et la gouvernante plissaient le front en se regardant.

Sans rien dire, bien sûr, car le personnel ne se permet pas de juger devant les patrons, fût-ce une enfant.

C'est justement dans l'escalier qu'elles se croisèrent pour la première fois. Apolline rentrait de Sainte-Opportune, elle devant et Mademoiselle derrière. En montant, elle appliqua les codes habituels de la politesse : « Bonjour ! » en regardant Dorothée presque dans les yeux. Cabanac se contenta d'un bref signe de la tête, assorti d'un coup d'œil en dessous, tout en accélérant le pas. Pour une raison non identifiée, la bonne éducation qu'elle enseignait ne s'étendait pas à ce cas précis. Dorothée, accrochée à la rampe, dansant sur un pied, avait l'avantage de surplomber la rencontre, et engagea la conversation avec gourmandise :

— Tu habiiites ici ? Tu as quel âââge ?

Elles avaient donc toutes les deux douze ans, et se découvraient voisines.

Apolline trouva tout de suite Dorothée très belle. Un regard gris presque transparent, un sourire immense, et des cheveux d'un blond très pâle, qui s'échappaient d'un drôle de béret de tweed. Un modèle jamais vu dans le VIIe arrondissement de Paris.

Ce fut un éblouissement réciproque, un coup de foudre d'amitié. Dorothée parlait bien le français, mais avec une coquetterie appliquée dans les voyelles, qui compensait des consonnes beaucoup plus marquées, gutturales. Surtout, elle disait exactement ce qu'il fallait, posait les questions qu'Apolline n'osait pas formuler.

Dès le lendemain après-midi, la sonnette du second étage résonna, ce qui arrivait rarement.

— Je vou-oudrais que tu viennes goû-oûter chez moi !

L'invitation était énoncée sur un ton d'évidence. Apolline, corsetée de bienséance, ne savait quel protocole appliquer. Mais surtout, ce qui l'étonnait le plus, c'est qu'aucune grande personne n'était là, derrière Dorothée, pour valider la démarche.

Mademoiselle s'interposa :

— Apolline doit aller à son cours de danse…

Entre le piano, le dessin et la mauvaise volonté évidente de la gouvernante, elle passa plusieurs jours à attendre la permission de monter à l'étage au-dessus, finalement accordée distraitement par son père.

L'appartement du troisième étage était exactement semblable à celui du second, et peu ou prou à tous ceux du boulevard. Galerie d'entrée desservant salon, salle à manger et bureau en enfilade. Toutes pièces moulurées, parquetées et garnies de cheminées de marbre, avec de grands miroirs démultipliant l'espace. Puis un long couloir sombre vers les quatre chambres. Et tout au fond la cuisine, un office à gauche et une chambre de domestique à droite.

Mais Apolline resta bouche bée devant ces lieux si totalement différents de ce qu'elle connaissait : pas de papier peint aux murs, pas de rideaux aux fenêtres, peu de meubles et aucun bibelot. La lumière, différente à chaque étage, s'infiltrait ici partout, jusque sur des théories de caisses de bois blanc alignées le long des boiseries. Elle faisait flamboyer d'étonnantes toiles accrochées ou posées un peu partout, sur les parquets, les cheminées, des chevalets, des caisses. Des peintures nues, sans cadre doré, qui ne représentaient rien. Elle n'arrivait pas à lâcher des yeux ces couleurs, ces matières, ces juxtapositions de formes intrigantes ; elles entraient dans sa tête, claquaient, tourbillonnaient, produisaient des étincelles. Apolline en oubliait presque de se montrer polie !

Annoncée par des talons claquants, la mère de Dorothée arriva, un bébé sur la hanche. Les mêmes cheveux clairs et vaporeux que sa fille, et une robe rouge. Rouge, une dame en rouge ! Jamais vu cela non plus : au second étage, on avait quitté le noir du deuil pour le bleu marine d'uniforme et le blanc des cols de piqué.

— Apo-olline ?

La dame en rouge était environnée de parfum, roucoulait en parlant, riait très fort, et plaqua deux baisers sur les joues de la petite invitée, en enjoignant au bébé de faire pareil. Depuis les bras de sa mère, celui-ci semblait prêt à sauter dans les siens.

Émotion, jamais Apolline n'avait porté de bébé dans ses bras.

— C'est Naaana !

Une petite fille. Istvan et Matyas, « les garçons » de cinq et huit ans, se chamaillaient un peu plus loin, dans la même langue qui résonnait trop fort entre les murs de la cour intérieure. Ils s'arrêtèrent, sur ordre, pour dire bonjour. Ou plutôt :

— Bonjou-our !

Les enfants avaient pour consigne de parler français, Apolline l'apprendrait plus tard : « C'est à nous de nous faire accepter ; de nous exprimer dans votre langue. » De même qu'ils devaient utiliser leurs prénoms francisés. Dorothea, dite Dotha, devenue Dorothée en son honneur, l'entraîna dans la chambre qu'elle partageait avec Hannah, ou Anne, ou Nana.

Il n'y avait pas grand-chose d'autre que les lits, dans cette chambre.

Dotha partagea donc généreusement ce qu'elle possédait de plus précieux, et tira une mallette de trésors de sous son lit, rangée hors de portée de la petite sœur.

L'idée même d'objets personnels était étrangère à Apolline. Elle regardait, fascinée, ce coffret de cuir rouge ferré d'arabesques dorées, ouvert devant elle, pour elle. Il y avait un journal intime, tenu durant « tout notre voya-age vers Paris », deux statuettes vêtues de soie qui dansaient sous un globe de verre ; un diplôme du Staatsoper, l'école de ballet de l'Académie de Vienne. Et une minuscule lampe de laiton doré que « Maman m'a do-onnée, parce qu'elle vient de ma-a grand-mèèère… ».

Puis la bonne les avait appelées pour le goûter, dans la cuisine. Une femme imposante qui ne parlait pas français. Et coupait d'énormes tranches sur son énorme poitrine dans une énorme miche de pain.

Apolline, réputée petit appétit, se laissa servir comme les autres. Elle n'avait jamais pris de repas à la cuisine : à l'étage au-dessous, c'était le domaine privé des domestiques, où elle ne se serait pas permis d'entrer. On transportait les repas sur une table roulante, tout au long du corridor, jusqu'aux pièces de réception.

Les mois suivants, elle retourna souvent goûter chez les Fogarscy. Juste après l'école, et juste avant de redescendre pour le piano, le tub, un essayage... C'est ainsi qu'elle était entrée dans l'intimité de la famille. M. Fogarscy était souvent là aussi ; très grand, très joyeux, avec les mêmes yeux étonnants que sa fille, ou plutôt l'inverse. Apolline le trouvait extrêmement séduisant, même s'il l'était en réalité moins que sa femme, laquelle était une véritable beauté. Il passait voir les enfants à l'improviste, à n'importe quelle heure de la journée, parfois avec des invités qui lui ressemblaient, vestes claires, foulards colorés et chapeaux mous, distribuant baisers et plaisanteries. Apolline en recevait sa part, et participait à l'admiration générale envers lui.

D'origine hongroise, il avait été un marchand d'art réputé sur la place de Vienne, propriétaire d'une galerie d'art moderne près de la Karlsplatz. Il avait quitté l'Autriche avec sa famille avant l'Anschluss. Anticipant assez les évènements pour organiser son départ et emporter toute la collection de tableaux qui constituait son fonds de commerce. Entraînant certains des artistes qu'il soutenait, entretenait, vendait.

La famille, entourée de toute une communauté d'exilés, s'était donc installée boulevard Saint-Germain dans des conditions très confortables. M. Fogarscy, forte personnalité, assumait crânement la situation. Sa fille aînée tenait de lui, remarqua vite Apolline. Toujours gaie, elle embrassait, entourait les épaules, prenait une main, commençait ses phrases par « mon cœur » ou « mon trésor »... Elle attirait la lumière, et savait la partager.

Après un certain nombre de goûters chez les Fogarscy, il y avait eu discussion entre M. Chamassy et sa gouvernante sur cette grave question : devait-on accepter de voir Apolline monter aussi souvent au troisième étage ? Et fallait-il « rendre l'invitation », en conviant Dorothée au second ?

Apolline refusa catégoriquement cette politesse. Elle s'imaginait trop bien assise face à l'amie dans la salle à manger, sous l'œil de Mademoiselle occupée à vérifier si elles se tenaient droites. Et puis elle n'avait rien à montrer dans sa chambre. On était tellement mieux parmi tous les tableaux du troisième, et hors de portée de Cabanac...

D'emblée, les relations avec Dorothée et sa famille s'étaient donc établies asymétriques. Et différentes de celles qu'Apolline entretenait avec ses compagnes du cours Sainte-Opportune. Elle avait reconnu, choisi Dorothée, qu'elle appela en secret, dès les premiers jours, sa « meilleure amie ».

Elle lui parlait la nuit, cherchait à mettre des mots sur ce qu'elle ressentait, et son cœur s'emballait parfois en la retrouvant. Pour la première fois, elle ressentait le manque de la séparation.

Cette amitié fut adoubée quand leurs pères respectifs se croisèrent dans le hall d'entrée. M. Fogarscy, qui observait son aînée, dit tout le bien qu'Apolline faisait à Dorothée, seule avec ses petits frères, « si triste d'avoir quitté son école de Vienne ». M. Chamassy n'avait rien remarqué. Mais les deux hommes, qui se ressemblaient si peu, se découvrirent à demi-mot des préoccupations communes.

Henri proposa d'intervenir pour inscrire Dorothée à Sainte-Opportune, c'était si facile pour lui. Et en deux semaines, la chose était réglée, Dotha faisait sa rentrée, pour le plus grand bonheur d'Apolline. Mais celle-ci ne fut ni fière ni reconnaissante envers son père, puisqu'il ne lui en dit rien. Il était déjà reparti pour Londres.

Une période nouvelle et merveilleuse commença pour Apolline : les deux filles partaient et revenaient ensemble de classe, chaperonnées par Cabanac. Apolline ne jouait plus à la marelle sur les pavés du trottoir : aiguillonnée par les questions de Dotha, elle regardait autour d'elle, découvrait les singularités du monde dans lequel elle vivait. Elle s'attribua aussi le rôle d'initier sa nouvelle amie à la vie parisienne, qui se résumait à celle de « Sainte-O » ; aux subtilités de l'uniforme, au protocole des rangs dans la cour, aux surnoms des religieuses. Dorothée savait beaucoup d'autres choses, malgré son année interrompue ; et elle apprenait vite : en trois mois, elle avait perdu tout accent étranger, occupait la tête de la classe dans plusieurs matières.

En arrivant, elle ne connaissait rien aux rites catholiques qui occupaient tant de place dans la vie de l'institution, mais s'y plia avec bonne volonté, imitant parfaitement les mains jointes et les agenouillements, posant des questions pleines de bon sens, qui n'avaient pourtant jamais effleuré Apolline. Surtout, son sourire attirait les sourires, les amitiés, et ce prestige rejaillissait sur elle. Qui profitait aussi de la reconnaissance des Fogarscy envers son père, de la manière chaleureuse et expansive avec laquelle ils la manifestaient. Jamais elle n'avait été aussi heureuse.

Ou plutôt jamais elle n'avait ressenti ce tourbillon intérieur qu'elle reconnaissait comme le bonheur.

4

L'art est un mensonge qui nous fait entrevoir la vérité,
Du moins celle qui nous est donnée de comprendre.
Pablo Picasso

Les Chamassy père et fille furent bientôt officiellement invités au premier vernissage organisé par M. Fogarscy.

Paris était la capitale de l'art, c'était là que l'on publiait, achetait, vendait. Là que vivaient Picasso, Matisse, Braque… D'autant que l'arrivée de marchands et d'artistes d'Europe centrale renouvelait l'intérêt des collectionneurs, mélangeait des mondes qui ne se rencontraient guère auparavant.

À son arrivée à Paris, Fogarscy s'était associé avec MM. Kallan père et fils, galeristes ayant pignon sur rue de l'autre côté de la Seine. Ils voisinaient là avec de nombreux marchands d'art, Reinenberg, Bernheim Jeune, David-Weill pour les plus importants. La présentation, dans cette galerie réputée, du fonds viennois de la maison Fogarscy, avec des œuvres d'Edvard Munch, Egon Schiele, Gustav Klimt, jamais exposés à Paris auparavant, était un évènement !

Un évènement aussi pour Apolline, qui ne quittait guère son quartier, et ne sortait jamais avec son père. Alors, traverser le pont des Invalides en marchant altièrement à son côté – lui ne donnait pas sa main ! – son sac à main en bandoulière, sans trop bouger la tête à cause de ses anglaises parfaitement roulées, en constituait déjà un à part entière.

La galerie occupait un somptueux hôtel particulier du XIXe siècle, au coin du Faubourg-Saint-Honoré. De grands salons, des éclairages travaillés et des fauteuils de cuir disséminés. Mme Fogarscy les accueillit, éblouissante dans une nouvelle robe rouge, ses cheveux blonds déployés sur ses épaules, offrant des coupes de champagne avec de grands éclats de rire et des yeux brillants.

Dorothée, comme une habituée au milieu de tout ce monde, portait aussi une jupe rouge, brodée de grandes fleurs blanches, qui s'arrondissait à chacun de ses mouvements. Apolline la trouva absolument magnifique, sans en être jalouse ; elle éprouvait juste un peu moins de plaisir à porter sa robe du dimanche en flanelle grise.

C'était la première occasion pour elle de voir son père en société : à la maison ne venaient que de rares visiteurs, des messieurs qui lui ressemblaient et s'engouffraient dans son bureau sans voir la petite fille. Ce jour-là, il lui apparut important, aimable, intéressé par ce que disaient les uns et les autres, et fier de sa fille. Elle était fière de lui à égalité ; comme Dotha, qui buvait son propre père des yeux. Un moment d'harmonie dont elle se souviendrait longtemps, et qu'elle attribua à la présence des toiles colorées autour d'eux.

Les deux filles furent enrôlées ensemble :

— Voi-oilà, dit Mme Fogarscy, vous vous gliiissez derrière moi avec un plateau, et vous présen-entez les petits fours. En sourian-ant, n'est-ce pas ?

Il y avait là des collectionneurs, courtiers, experts et critiques d'art. Et aussi les « gens du Louvre », comme on les désignait d'un doigt discret. Les invités, en se servant de douceurs, poursuivaient leurs conversations avec un sourire aux jeunes serveuses. Autour d'elles, cela parlait toutes les langues, sur des tonalités plus hautes et plus joyeuses que les échanges feutrés des Français. Allemand, hongrois, tchèque ? Les accents, les parfums se mêlaient aux volutes de fumée des cigarettes ; fleuris, capiteux, enivrants.

Apolline ne comprenait pas grand-chose, et cela lui était égal : elle éprouvait une euphorie inconsciente à évoluer parmi ces œuvres de Picasso, Derain, Degas, Matisse... Aucun de ces noms ne lui était alors connu, elle goûtait seulement leurs consonances avec l'atmosphère vaguement provocatrice qu'ils dégageaient, à défaut d'en saisir le contexte.

La réception se révéla une grande réussite. M. Fogarscy se renflouait, ses amis avec lui, et l'atmosphère du boulevard Saint-Germain en devint d'autant plus gaie.

Plusieurs autres évènements furent organisés dans la foulée. Et la participation de Dorothée, avec son amie bien sûr, devint régulière. La présence des deux enfants ajoutait sans doute une note fraîche et familiale aux affaires.

Mlle Cabanac était alors chargée de convoyer les filles jusqu'au Faubourg-Saint-Honoré. Guère difficile de comprendre qu'elle n'appréciait pas beaucoup cette société « interlope » ; un mot saisi au vol dans une conversation avec la concierge. Dès que les filles franchissaient le perron de l'hôtel particulier, passant ainsi sous la responsabilité de Mme Fogarscy, elle disparaissait. Et Apolline se sentait tout d'un coup plus légère, prête à sourire.

À l'entresol, où MM. Potel et Chabot livraient de grands cartons blancs, leur rôle consistait à disposer les petits fours sur des coupes de porcelaine. Les filles gloussaient en manipulant les choux à la crème, les massepains colorés, les tartelettes ; et se léchaient abondamment les doigts. Puis elles allaient se poster derrière un soupirail vitré pour observer l'arrivée des invités, et les hauts talons des femmes gravissant le perron. Apolline, qui n'avait jamais vu autant d'élégances féminines, était éblouie.

Puis elles se lançaient dans l'escalier, leurs coupes en équilibre, vers la lumière, le brouhaha et les parfums. Dorothée adoptait naturellement les manières de sa mère pour offrir ses petits fours, les yeux brillants, le geste gracile de la nuque pour rejeter ses cheveux. Derrière elle, Apolline apprenait à soutenir les regards, et timidement, à passer de groupe en groupe ; elle découvrait qu'alors, on lui répondait !! Les habitués finissaient par remarquer ces deux petites si aimables, les complimenter et les remercier.

Parmi tous les invités, les conservateurs de musée étaient particulièrement bien traités : un cercle se formait toujours autour d'eux, où se glissaient les petites serveuses. Parce qu'ils représentaient l'État, sans doute, et aussi l'expertise. On se pressait particulièrement pour féliciter M. Jacques Jaujard, qui venait d'être nommé directeur des Musées nationaux. Et lui-même remerciait gentiment les filles pour les dattes fourrées qu'elles lui mettaient sous le nez. Parmi les préférés d'Apolline, il y avait aussi Anton, un long jeune homme roux à bouc qui servait d'assistant à M. Fogarscy. Aussi attentionné que... gourmand ! Peut-être aussi mal nourri. Il descendait souvent à l'entresol pour rejoindre les filles, plaisanter avec elle et se servir de bonnes choses « en avant-première », comme il disait.

Quand il se mit à crayonner dans un coin pendant que les demoiselles jacassaient devant la table, elles ne le remarquèrent pas. Ou plutôt si, en réalité elles avaient bien conscience toutes les deux d'être l'objet de son attention, mais c'était si agréable qu'elles ne voyaient pas de raison de s'en offusquer. Et ne se l'avouèrent mutuellement que beaucoup plus tard.

Ces réunions de fins d'après-midi se multiplièrent durant cette année 1938, sans doute parce que les adultes sentaient l'atmosphère se raréfier autour d'eux. On les appelait vernissages par habitude, mais les accrochages n'étaient pas entièrement renouvelés à chaque fois : il s'agissait surtout, autour des tableaux présentés à la vente, de se retrouver, d'échanger des informations. On y parlait plus qu'ailleurs de la crise des Sudètes, ou du départ de Daladier pour Munich. Dotha et Apolline s'éloignaient instinctivement de ces conversations trop sérieuses ; comprenant que les enfants n'y étaient pas désirés. De même, quand MM. Kallan et Fogarscy entraînaient leurs convives dans le petit salon du fond pour y régler des affaires. Elles se remettaient alors dans le sillage de Mme Fogarscy, qui répandait autour d'elle sa joie de vivre, ses baisers et ses trilles.

Au mois de février 1939, M. Chamassy reçut une nouvelle invitation formelle pour un vernissage Faubourg-Saint-Honoré. Une surprise, semblait-il, l'attendait.

Apolline, depuis sa chambre, ne perdit pas une miette de la conversation. INV 29-23 : le poste de bakélite noire relié au central des Invalides stridulait dans le bureau du boulevard Saint-Germain, et son père se croyait obligé de parler haut et fort dans le combiné pour remercier poliment.

Lui n'était pas du tout passionné de peinture, de celle-là en tout cas.

Au moment de son mariage, il avait commandé à un élève des Classiques un grand portrait de sa femme, sous le regard de laquelle il déjeunait et dînait tous les jours. Le teint de lait, le sourire lointain, les dentelles du corsage millimétrées, et une rose à la Watteau glissée dans sa main levée. Tout y était, et c'est cela qu'il aimait.

D'ailleurs, c'est ainsi qu'Apolline avait toujours imaginé sa mère. À cette dame aux traits bien dessinés, rassurante et familière, elle adressait une petite prière le soir, et une plus longue le dimanche. Puis l'oubliait assez vite, car personne ne lui en parlait jamais.

La veille du grand jour, M. Chamassy avait donné ses ordres à Cabanac.

— Un empêchement de dernière minute, je serai en retard. Emmenez les petites, je les rejoindrai à la galerie.

Apolline garda pour elle sa déconvenue, et elles se mirent en route. Il faisait si froid que les mouettes se posaient sur la Seine gelée. Les filles, loin devant la gouvernante, luttaient contre le vent qui balayait le pont. Impossible d'ignorer la méfiance réciproque entre Mademoiselle et ses élèves, qui restaient pourtant parfaitement polies, selon la prescription implicite de Dotha.

Tout en distribuant ses navettes fourrées, Apolline guettait son père.

Bien sûr, elle avait remarqué, comme à chaque fois ou presque, les draps blancs tendus sur les boiseries, au fond d'un des salons. Elle savait maintenant d'expérience qu'à un moment ou à un autre, on se rassemblerait devant. Il y aurait un petit discours, en français, allemand ou hongrois, et les toiles dont on devinait les formes seraient dévoilées. À ce moment-là, tout le monde serait très occupé, et elles pourraient s'offrir une pause, orangeade et petits gâteaux. Quelquefois même, en douce, un fond de champagne oublié.

— Tu me préviendras de l'arrivée de ton père ? demanda plusieurs fois Mme Fogarscy à Apolline.

Elle approuva de la tête ; cette idée qu'il était un invité d'honneur lui plaisait.

Mais M. Chamassy se faisait attendre ; et quand il finit par apparaître, il avait le visage fermé, préoccupé. Expression que sa fille connaissait bien, tant elle était fréquente.

Le père de Dorothée se précipita pour débarrasser l'invité de son chapeau et son pardessus, et l'entraîna parmi la foule. Sa femme vint prendre les filles par le bras, une de chaque côté, en les serrant contre elle de cette manière tendre et tactile qui étonnait toujours Apolline, et lui donnait vaguement envie de pleurer. Tout le monde se planta devant les draps blancs. Le silence s'installa.

— Cher monsieur, commença Fogarscy, avec cet accent qu'elle trouvait tellement élégant.

Tous les yeux se tournèrent vers Henri Chamassy, impassible dans son costume gris.

— Mon épouse et moi-même cherchions depuis longtemps comment vous remercier… Tout ce que vous avez fait pour nous…

C'est Anton qui était chargé de faire coulisser les draps, en les séparant comme des rideaux. Il était tout rouge, sous ses cheveux ras déjà un peu rouges.

Une toile carrée apparut au centre.

Les principales intéressées n'hésitèrent pas un instant : la blonde vaporeuse et la brune aux grosses nattes sombres, c'étaient Dorothée et Apolline.

Penchées l'une vers l'autre, dans un mouvement construit en cercle, qui soulignait leur connivence. Des traits simplifiés à l'extrême, l'une en ocres dorés, l'autre en dégradés de châtaigne, se rejoignant par le regard. Le reste à peine esquissé autour, la courbure des épaules, leurs mains portées à la bouche. Le tout irradiant sur un à-plat de couleurs exubérantes.

Dorothée sourit gentiment à Anton, sans paraître plus impressionnée que cela : depuis l'enfance elle inspirait les peintres, et les amis de son père la portraituraient. Mais Apolline écarquillait les yeux : la force de la complicité entre les deux sujets du tableau lui allait directement au cœur. Sans en avoir conscience, il lui plaisait aussi que le portrait les grandisse imperceptiblement, reflète une maturité et une assurance qu'elles ne possédaient pas encore tout à fait. Toutes deux, sur ce tableau, avaient basculé de l'autre côté de l'enfance, ressemblaient aux jeunes filles qu'elles seraient bientôt.

Et d'ailleurs, c'était le titre du tableau, annoncé par un petit cartel calligraphié à la main : *Les Deux jeunes filles*. Il était signé A. D. pour Anton Drovic.

M. Fogarscy fit un signe aimable vers son assistant :

— Lorsque j'ai vu cette toile pour la première fois, alors qu'Anton travaillait dessus, j'ai été séduit par le thème autant que par le travail de l'auteur. Un vrai talent, qui ira loin !

C'était un marchand d'art reconnu qui parlait, et tout le monde écoutait, dans un murmure approbateur. Il continua :

— Vous permettez-nous, monsieur, à Anton et à moi, d'offrir ce tableau à votre fille ?

Les exclamations de surprise après le silence, le bruissement de l'assistance, débordant leur demi-cercle pour s'approcher des tableaux.

Et les félicitations de ceux qui revenaient vers les héroïnes du jour.

— Épatant ! Quand avez-vous posé pour Anton ?

Apolline regardait Anton qui la regardait, toujours aussi rouge. Et puis elle regarda son père, le suppliant des yeux de parler, d'accepter, de remercier.

Un marmonnement aimable, sans plus ; s'il avait pu juste sourire un peu…

Henri n'appréciait pas ce cadeau à sa juste valeur. D'autant plus somptueux de la part d'un jeune exilé qui ne vivait que de son travail.

Anton Drovic, avec une drôle de petite courbette, remit une grande enveloppe à Apolline.

Jusque-là, elle ne connaissait Anton que comme le jeune assistant de son patron, toujours présent mais invisible, occupé à dresser des listes, faire des fiches, renseigner des collectionneurs. Mais le protégé des Fogarscy était aussi à ses heures perdues un peintre en devenir, qui vivait ce jour-là sa première heure de gloire parisienne.

Il y avait sept toiles en tout, le travail d'une année, exposées autour des *Deux jeunes filles*. Des paysages et des portraits.

Consciente de tous les yeux fixés sur elle, Apolline retira délicatement de l'enveloppe un certificat à son nom, à en-tête de « MM. Kallan père et fils, marchands d'art Faubourg-Saint Honoré, 82. Téléphone Élysée 28-28 », concernant « *Les Deux jeunes filles*, huile sur toile 61x62 », ainsi qu'une grande photo aux bords dentelés, représentant le tableau.

— Le double est conservé dans les registres de la galerie, pour attester de l'origine de l'œuvre.

Apolline le remercia de tout son cœur, et osa poser un baiser sur sa joue. C'est ainsi que faisait le petit Istvan avec elle au goûter, comme cela, sans raison, juste pour manifester son plaisir.

Tout autour, on applaudit à la fraîcheur de la scène, au point de les faire rougir tous les deux.

— Pouvez-vous m'accorder une faveur ? demanda encore Anton en s'adressant à M. Chamassy.

Accepteriez-vous de laisser le portrait accroché à la galerie le temps de l'exposition ?

C'était une habitude courante, pour montrer un travail d'ensemble, et susciter d'autres ventes. Il suffisait d'indiquer par une pastille rouge que le tableau n'était plus disponible, et de le radier du catalogue.

— Mais bien volontiers !

Henri approuva avec un soulagement manifeste. Il ne s'imaginait pas du tout repartir avec la toile sous le bras ! Et il fit – enfin – une petite phrase aimable pour dire que le précieux tableau, bien sûr, reviendrait à sa fille à sa majorité.

Apolline rangea soigneusement l'enveloppe dans son joli sac à bandoulière. Ceci au moins lui appartenait tout de suite : elle aussi possédait désormais un trésor, dont les couleurs emplissaient joyeusement son esprit.

Son père se pencha alors pour chuchoter à son oreille :

— Nous devons partir tout de suite… Va chercher nos manteaux !

Apolline baissa la tête en silence.

Quelle déception ! C'était le plus beau jour de sa vie et il était déjà fini ! Elle obéit pourtant, laissant Dorothée recevoir seule les compliments.

Son père la fit cavalcader dans les rues de Paris gelées et noires. Et sans même quitter son chapeau, la remit entre les mains de la gouvernante. Avant de ressortir, l'air toujours aussi préoccupé.

5

Une œuvre d'art qui n'a pas commencé dans l'émotion
N'est pas une œuvre d'art.
Paul Cézanne

Ni Dorothée ni Apolline n'étaient jamais retournées à la galerie du Faubourg-Saint-Honoré.

Un soir du printemps 1939, si tiède et parfumé et bruyant de chants d'oiseaux qu'il était tout simplement impossible de s'endormir, Henri Chamassy était entré dans la chambre de sa fille.

Il s'était lourdement assis sur le lit, faisant crier les ressorts. Une intimité inhabituelle, qui alerta aussitôt sa fille. Un ton encore plus sombre et solennel que d'ordinaire pour annoncer, sans crier gare :

— Écoute-moi bien, mon enfant : j'ai pris une décision, en accord avec ta grand-mère. Tu es inscrite comme pensionnaire à l'institution Jeanne-d'Arc, à Montauban, pour la rentrée prochaine. Les religieuses veilleront sur toi bien mieux que je ne pourrai le faire.

Dans l'obscurité, quelque chose explosa autour d'elle ; sa sécurité, ses habitudes, son univers tout entier. Mais Apolline, les yeux grands ouverts sur le noir, ne broncha pas. Elle se sentait trop coupable pour protester : était-ce la punition de ses médiocres résultats scolaires ? De ses désobéissances de plus en plus fréquentes envers sa gouvernante ? Des rébellions très limitées dont elle s'exagérait l'importance, faites d'yeux levés au ciel, de petits retards volontaires, de cachotteries vénielles ?

Son père ne s'occupait pas de tout cela. Mais quand il eut donné ses raisons, sur un ton si évidemment soucieux, avec l'air de porter le poids du monde sur les épaules, elle se tut définitivement.

— Nous n'échapperons plus à la guerre. Paris va devenir dangereux, je ne veux pas que tu restes ici. Et puis je risque d'être mobilisé un jour.

Elle avait tellement appris à obéir sans poser de questions qu'elle fit ce qu'on attendait d'elle, ferma les yeux, attendit comme une consolation la petite croix sur son front, suivit le chuintement de la porte qui se refermait en accrochant le tapis.

— Bonne nuit…

Ses larmes jaillirent seulement ensuite, encore et encore, en hoquets silencieux, contrôlés. Elle se réveilla épuisée au petit matin, avec la sensation d'être déchirée de l'intérieur.

Ce qui la désespérait, ce n'était pas de quitter son père, ni son école, ni même sa maison. C'était d'être séparée de Dorothée, qu'elle ne connaissait que depuis quelques mois. Dotha était devenue sa presque sœur, celle qui lui avait toujours manqué, qui la révélait à elle-même, qui lui apprenait la joie.

Dès le lendemain, elle trouva un problème de calcul à soumettre à son amie « première de la classe ! » pour monter s'épancher au troisième, avec la certitude qu'elle y serait comprise. Une nouveauté dans sa vie, introduite par Dotha.

Elle pleura beaucoup, expliqua beaucoup, se fit beaucoup consoler par Mme Fogarscy, appelée à la rescousse. Selon Dotha, sa mère savait résoudre tous les problèmes des enfants. Ce fut pour Apolline une expérience merveilleuse que d'être ainsi bercée dans des bras moelleux et parfumés, avec l'impression que les choses pouvaient s'arranger.

Et de fait... À leur étonnement à toutes les deux, la mère suggéra que Dorothée suive Apolline comme pensionnaire à Montauban.

— Jeaaanne d'Aaarc, tu dis, Apooolliine ?

Mme Fogarscy ne connaissait ni la ville ni l'école, mais semblait toute prête à y envoyer sa fille. Et elle allait même en parler avec M. Chamassy...

Apolline aurait dû s'en étonner, mais elle était si heureuse de ce retournement de situation que ses larmes séchèrent, son énergie revint, malgré le manque de sommeil. C'était comme une lumière dans le tunnel où elle s'était perdue depuis la veille.

Dorothée, elle, ne disait rien.

Les choses allèrent très vite, alors qu'en général toute permission demandée traînait indéfiniment. En deux jours, les adultes réunis Dieu sait quand avaient adopté la solution. Il fut entendu que Cabanac conduirait les filles à Montauban pour la rentrée, et se chargerait de les ramener lors des vacances, pour les fêtes de Noël et de Pâques.

La liste du trousseau d'uniforme arriva presque immédiatement. Aussitôt la couturière se mit au travail, et les deux filles se retrouvèrent prises dans un tourbillon de préparatifs.

— Les bras en l'air, je prends vos mesures !

Elles gloussaient de se retrouver ensemble en petite tenue et d'être bientôt habillées comme des jumelles.

Pour l'été, il fallait deux robes de coton bleu à col blanc ; un blazer bleu marine, des socquettes, et un chapeau d'été en forme de cloche. L'hiver, une robe de laine, un manteau bleu marine, des chaussettes hautes de laine. Pour les offices religieux, le béret qu'elles possédaient déjà. Quatre combinaisons et autant de chemises de nuit, d'uniforme elles aussi, coupées dans une toile blanche très épaisse. Plus deux paires de draps, deux douzaines de grands mouchoirs, six serviettes de table...

Avec un détail qu'elles n'apprirent que lorsque la gouvernante se mit à marquer les vêtements à demi finis, en anglaises rouges sur des bandes de coton blanc : Dotha était inscrite au pensionnat sous le nom de Dorothée Fogard.

M. Fogarscy avait justifié cela en riant : « Moi aussi, je me fais souvent appeler Fogard ; c'est comme un diminutif, plus facile à prononcer pour les Français. Sinon ils écorchent notre nom ! »

Cela fit rire Apolline de répéter ce patronyme inconnu pendant que Dotha s'appliquait à sourire.

Et puis tout s'était précipité. Les enfants percevaient l'inquiétude des adultes, sans pouvoir la relier aux titres qui barraient les journaux : violation des accords de Munich, pacte d'Acier ; la Moravie, la Bohème, la Slovaquie envahies par Hitler et aussi par la Hongrie, pays d'origine des Fogarscy, qu'ils avaient quitté plusieurs années auparavant.

— Mes grands-parents y vivent toujours..., avait avoué un jour Dotha.

La première et la dernière fois qu'elle parlait de sa vie d'avant l'exil, avant de recommencer à sourire. C'était un principe au troisième étage : rien ne devait jamais être tout à fait triste ou sérieux ; les petits garçons redoublaient de tendresse envers elles, au lieu de dire qu'ils avaient du chagrin de les voir partir.

Il fut même décidé d'envoyer les filles un peu à l'avance « s'acclimater » à la villa Mirasol, sous la gouverne de Mlle Cabanac.

Apolline connaissait mal sa grand-mère, la seule famille qu'elle possédait, et gardait des impressions mitigées de leurs séjours de Noël. Mais avec Dorothée, tout devenait différent, et facile. Dorothée, elle, quittait sa famille pour la première fois et partait en pays tout à fait inconnu. Toutes deux étaient donc aussi inquiètes qu'excitées par l'aventure qui se rapprochait.

La veille de leur départ, une fête familiale fut organisée chez les Fogarscy en l'honneur des futures pensionnaires. L'idée même était nouvelle pour Apolline, et encore plus d'en être l'héroïne. Il y eut de la musique rythmée, des chansons hongroises, des cadeaux, avec les dessins coloriés des garçons, et un gâteau au fromage blanc qui souleva l'enthousiasme des enfants. On chanta et on dansa, en se tenant par les épaules dans une ronde effrénée, les parents et la bonne compris.

Dans une gaieté et un optimisme un peu surjoués, que Mme Fogarscy enflamma encore en promettant solennellement, avec des tremblements dans la voix, qu'ils iraient tous en famille, dès que possible, faire le voyage de Montauban.

M. Chamassy, arrivé en retard, tenta à coups d'efforts visibles et maladroits de se mettre au diapason de toute cette gentillesse accumulée autour de la table. C'était aussi le talent des Fogarscy de rendre tout le monde aimable !

Puis le moment arriva de la séparation : Henri Chamassy emmena sa fille se coucher. Il ne pouvait attendre l'heure du train le lendemain. Au bord du lit, il rompit le charme en alignant des phrases toutes faites, comme pour retarder le moment de se lever.

— Tu obéiras bien à Mlle Cabanac, n'est-ce pas ? Elle n'est pas très contente de toi, ces temps-ci... C'est bien gentil de la part de ta grand-mère d'accueillir des petites péronnelles comme vous : ne lui causez surtout pas de fatigue !

Apolline baissa les yeux et se tut.

6

L'art est contemplation des choses, indépendante du principe de raison.
Arthur Schopenhauer

Comme elle en avait souvent l'habitude au retour de courses, Irène Chamassy entra un instant dans la cathédrale pour faire une petite prière. S'agenouilla sur un prie-Dieu, face à la magnifique Assomption de la Vierge Marie peinte par Ingres, qu'elle révérait. Et mains jointes, lui confia ses misères.

Elle ne se sentait pas la force de vivre une nouvelle guerre : la précédente lui avait pris son unique frère, la seule famille qui lui restait, avec leur fortune. Et son mari ne s'en était jamais remis : des cauchemars toutes les nuits ou presque, des poumons abîmés pour toujours, et la terrible asphyxie des derniers jours. Elle joignit les mains plus fort pour réprimer le frisson qui la prenait toujours à ces souvenirs.

Et maintenant, l'arrivée de cette petite-fille qu'elle n'avait pas vue grandir, si parisienne dans ses manières, flanquée d'une inconnue au teint tellement pâle, et de leur insupportable gouvernante. Cela l'avait d'abord beaucoup dérangée, elle s'en accusait volontiers. Inquiétée aussi : le docteur le lui répétait à chaque visite : « Ménagez-vous ! Vous allez avoir soixante-dix ans, tout de même ! »

Mais c'était son devoir de les accueillir. Henri, qui était l'exemple même de l'homme de principes, le lui avait bien dit. Mon Dieu, que cette Cabanac était donc désagréable, avec son accent pointu ! Qu'elle était compliquée aussi, réclamant sans cesse quelque chose, du blanc d'Espagne, de la cendre pour ses lessives personnelles, du beurre... Ici, on cuisinait à la graisse ou à l'huile, car la livre de beurre coûtait une fortune chez l'épicier. Il lui fallait trouver de l'argent frais, avec tout ce monde à entretenir.

Un grand signe de croix, et elle se releva, apaisée. La bonne Vierge lui avait soufflé une grande décision : elle allait vendre sa ferme de Bouniol, qui n'était plus d'aucun rapport. Le métayer venait d'être mobilisé, avant même le début des récoltes.

Revigorée, elle sortit à petits pas prudents sur le parvis ensoleillé, en longeant le mur pour se protéger de la chaleur.

Mme Chamassy était née à Montauban, avait épousé un notable de Montauban, et élevé un futur notable de Montauban. Toute sa vie s'était déroulée entre le faubourg du Moustier, les allées Mortarieu et les arcades roses de la place Nationale, qu'elle appelait encore place Royale, où se tenait le marché depuis toujours. Élevée chez les Dames Noires, comme il se doit, elle fréquentait les mêmes familles depuis son enfance, les mêmes commerçants de la rue Saint-Louis ; et jusqu'à l'arrivée des petites, jouait au bridge tous les mercredis. À cela aussi, elle avait dû renoncer. Autrefois, elle entrait volontiers à l'hôtel des ventes de la rue du Paon et se risquait à de petites acquisitions. Peut-être était-ce sa seule passion, jamais revendiquée et devenue impossible elle aussi.

Maître Urbain-Marie Chamassy lui avait laissé en mourant cette villa Mirasol achetée par son père, et trois fermes dans l'arrière-pays, pour l'approvisionnement. Avec une belle-mère à soigner et un fils unique.

Henri, brillant élève du collège Saint-Théodard, était parti après ses deux bachots étudier le droit à Toulouse. C'est là que l'histoire avait dérapé de son cours naturel : Paris l'avait happé, cette ville qu'Irène détestait par principe, dans sa fierté de Méridionale. Henri ajoutait à cela un métier qu'elle ne comprenait pas, et une épouse qu'elle n'avait jamais vue.

De cet ébranlement, Irène, à force de prières, s'était fait une raison. D'autant qu'au même moment, elle avait pris la suite de sa propre belle-mère – morte centenaire, bien après Urbain – à la tête de la villa Mirasol.

Ah, la villa Mirasol ! Vivre dans un aussi joli cadre la consolait de beaucoup de choses, elle en remerciait le ciel.

Une quercynoise classique de briques roses, sise faubourg du Moustier, à mi-chemin entre l'évêché et la cathédrale. Devant, une grosse maison de ville à trois étages avec fronton, perron et croisées symétriques ; derrière, une terrasse donnant sur la corbeille de fleurs qu'elle soignait avec passion. Et un beau jardin, presque un parc, ombragé d'un grand tilleul, d'un cèdre presque noir, de laurières bien taillées. Une courte mais très belle rangée de platanes menait aux dépendances qui bordaient le Tescou, ruisseau citadin du Tarn.

Vers 1850, à la belle époque des stations balnéaires, un propriétaire avait vissé une plaque de marbre au montant de la grille, affichant en lettres anglaises tarabiscotées *Villa Mirasol*, comme sur la côte basque. On ne savait rien de l'orgueilleux bâtisseur, car le grand-père Chamassy, avoué de renom à Montauban, n'avait acheté la maison qu'au tournant du XIXe siècle, pour asseoir sa réussite. Et y installer un bureau solennel où il recevait ses honorables clients. La fortune n'avait pas duré, mais le nom et le charme demeuraient, bien entretenus par trois générations successives de femmes de tête.

Irène Chamassy, depuis son veuvage, s'en sortait comme elle pouvait de cette charge écrasante, avec l'aide d'une petite bonne venue de sa ferme de Caussède et de journées de jardinier pour les travaux de force.

À peine avait-elle installé ses Parisiennes au deuxième étage de la maison que la torpeur de l'été montalbanais se troublait : des rumeurs de guerre, et le retour de ses palpitations. Elle lisait le journal de l'Action française – l'abonnement de son époux courait toujours – qui fustigeait la faiblesse coupable de la France face au réarmement de l'Allemagne, les erreurs et la déchéance du Front populaire.

Non, ce n'était pas possible de recommencer, elle avait déjà trop souffert de la Grande Guerre…

Et pourtant, en pleine saison des prunes et des vendanges, la Pologne, alliée de la France, était envahie, la maladie attaquait les rosiers de la corbeille, et l'on annonçait la mobilisation générale. Ce qu'elle craignait le plus était arrivé : dans ses fermes, à Caussède, à Lestapis et à Bouniol, tous les hommes dans la force de l'âge avaient dû partir. Juste au moment où elle faisait maison pleine, Reine la petite bonne, avait été obligée de retourner chez elle pour aider sa famille, et ne venait plus que de temps en temps à Montauban.

« Boudiou, comment faire pour se ménager dans ces conditions ? » L'expression populaire qu'elle n'employait jamais lui était montée toute seule aux lèvres. Sans les franchir, bien sûr.

Depuis le 3 septembre, la France était en guerre. Le boulanger périgourdin du faubourg racontait que des trains entiers de familles alsaciennes, évacuées des villages situés sur la ligne Maginot, se déversaient sur les provinces voisines du Périgord et du Limousin. Pauvres gens, mon Dieu, que tout cela rappelait de mauvais souvenirs... La guerre, décidément, bouleversait toute sa vie et sa maison bien ordonnée, les récoltes et l'approvisionnement, le courrier et les transports.

Puisqu'elle voulait trouver un acquéreur à la ferme de Bouniol, il fallait mettre au propre les comptes. Mme Chamassy, ignorant les petites qui jouaient sous la laurière avec la petite chienne Samba, s'en alla chercher au bureau les lourds registres des fermages. Elle les transporta au salon, sur une table de bridge un peu branlante, tailla son crayon de bois et se mit au travail. Jamais elle n'aurait imaginé s'installer à la table de travail de son défunt époux, et depuis sa disparition se contentait d'épousseter la pièce fermée.

Ensuite, elle se mettrait à ses confitures de figues, ramassées à la fraîche. Seule, puisque Reine était occupée à Caussède. En espérant qu'elle pourrait revenir tout de même pour nettoyer l'arrière-cuisine avant qu'on tue les cochons. Mirasol en recevrait la moitié, en lard, saucisses et pâtés ; de quoi passer l'hiver. Il faudrait dire aussi à Déodat de rentrer les orangers dans la serre, et de mettre une bassine sous la nouvelle fuite dans les communs…

Allez, la vie continuait, malgré la guerre ! Mme Chamassy s'encourageait elle-même en plongeant dans ses colonnes de chiffres.

7

Tous les arts sont comme des miroirs où l'homme connaît et reconnaît quelque chose de lui-même.
Alain

L'arrivée à la gare de Montauban-Ville-Bourbon, dans une lumière aveuglante et des éclats de voix sonores, avait été un éblouissement pour les deux petites filles. L'aventure reprenait le dessus sur la crainte et la fatigue du long voyage. Déodat, le jardinier de Mme Chamassy, attendait les voyageuses sur le quai, avec sa moustache en crocs surmontée d'un béret, des petits yeux plissés entre les deux, des chandails superposés dont les trous se chevauchaient savamment, et ses pieds nus. Apolline avait éprouvé un vrai plaisir à reconnaître Déodat, autant qu'à être reconnue, et à faire les présentations à Dorothée. Cela tout d'un coup lui devenait précieux, puisqu'elle pouvait le partager avec son amie.

Les demoiselles, suivant à pied la charrette à bras où s'entassaient leurs bagages, avaient éprouvé d'un coup sur leur peau, dans leurs yeux, leurs jambes engourdies, toute la tiédeur de la soirée, l'ombre des platanes, le parfum des géraniums et le vert profond du Tarn.

Puis elles avaient découvert les briques roses de la villa Mirasol. Et tout de suite, Samba. La jeune airedale terrier de la maison postée à la grille avait démontré aussitôt une affection débordante aux petites. Comme si elle n'attendait qu'elles.

Mme Chamassy, sur le perron, avait posé un baiser sur chacun des deux fronts qui se levaient poliment vers elle, et déclaré aussitôt :

— Vous avez la permission d'aller jouer dehors, mes enfants !

Une phrase qu'elle répéterait souvent, avec un geste d'apaisement de ses mains bien à plat devant elle. Il lui fallait préserver sa tranquillité, face aux enfants et à l'animal.

L'été entier, du matin jusqu'au soir, s'était donc déroulé dans le jardin de la villa. Les lieux étaient suffisamment vastes et mystérieux et Samba assez joueuse pour ravir les petites citadines. Hors de la vue de Cabanac, toujours épuisée de chaleur derrière les persiennes fermées, répétant que c'était folie que de sortir sous un tel soleil.

De temps en temps, elles considéraient avec méfiance l'autre côté du faubourg, cet austère bâtiment du XVIIe siècle, haut, gris et symétrique, où elles passeraient l'année. L'institution Jeanne-d'Arc. Avec la mobilisation, l'immeuble sur rue avait été réquisitionné pour installer un hôpital militaire et la porterie s'ouvrait de temps en temps pour laisser passer des infirmières bénévoles, jeunes filles de la bonne société montalbanaise qui venaient plier des draps en attendant vainement les blessés du front. Mussées derrière leur grille, Apolline et Dorothée découvraient en un coup d'œil les cours intérieures, les bâtiments arrière et tout le fourmillement qui y régnait. C'était tout : sous la houlette étroite de la gouvernante, elles n'avaient presque rien vu de Montauban, ni ne savaient grand-chose des « événements » dont on parlait en ville.

Dorothée avait reçu des lettres presque quotidiennes de sa famille, remplies de récits, de souhaits, de tendresses et, de la part de ses petits frères, de dessins et de blagues à partager avec Apolline. Qui, elle, n'attendait rien de personne. Les seules nouvelles de Paris, elle les tenait de sa grand-mère ; laquelle avait pour principe que les enfants ne doivent pas poser de questions.

Mais depuis la déclaration de guerre, le courrier n'arrivait plus qu'irrégulièrement. Une privation terrible pour Dorothée, qui prenait soin pourtant de ne jamais se plaindre de rien. Et sourait.

La rentrée approchait. Mme Chamassy devait emmener elle-même ses petites-filles chez les Dames Noires : c'était plus simple de présenter ainsi les petites, lui avait suggéré Henri. En tant qu'ancienne élève, elle s'y sentait un peu chez elle et depuis toujours vivait à son rythme : les cloches marquant les heures scolaires résonnaient jusqu'au jardin de la villa Mirasol. Avant sa maladie de cœur, elle tenait même chaque année le comptoir « Ouvrages de dames » aux ventes de charité de l'institution.

Ne restait plus qu'à se débarrasser de la duègne alors que les trains en partance vers le nord étaient tous réservés aux militaires. Quand Cabanac, un beau matin, annonça son départ, Mme Chamassy ne voulut surtout pas connaître les détails de son voyage de peur de le retarder. En minaudant, la gouvernante assura qu'elle aurait grand plaisir à revenir, comme convenu avec Monsieur, pour reconduire les petites dans leurs familles. Lesquelles se tenaient en retrait, et en silence.

— Tant mieux, tant mieux !

Irène lui tapota les mains en souriant et en faisant impérieusement signe au jardinier de charger les bagages.

Déodat, au moins, n'était plus mobilisable ; il se mit en route vers la gare avec sa carriole, en chantant avec conviction :

— On ira pendr' notre linge sur la li-igne Siegfried...

Ouf ! Irène écouta un moment la chanson décroître, sourit et remercia le Seigneur de lui rendre sa tranquillité d'esprit.

— Vous pouvez aller jouer dehors, mes petites !

Obéissantes, elles disparurent vers le Tescou, Samba sur leurs talons.

Le 8 octobre, jour de la rentrée scolaire, Mme Chamassy conduisit donc ses petites Parisiennes à l'institution Jeanne-d'Arc. Elles passèrent la porterie main dans la main, serrées l'une contre l'autre, pour se donner du courage. Apolline parce qu'elle n'avait jamais changé d'école, et Dorothée parce qu'elle abordait la troisième en deux ans. Elles étouffaient dans leurs uniformes neufs, raides d'empesage.

La petite religieuse naine qui tenait la loge les dévisagea : les « nouvelles » étaient rares à Jeanne-d'Arc, où toutes les familles bourgeoises de Montauban se connaissaient.

— Allez rejoindre la maîtresse des troisièmes, au fond de la cour.

Mme Chamassy posa ses lèvres froides tour à tour sur le front de chacune des deux et repassa le portail avec le sentiment du devoir accompli.

À elles de se débrouiller face à Mme de Vittez, si grande dans sa robe noire. Sa peau très blanche semblait n'avoir jamais vu le soleil, et ses yeux bleus perçants donner toujours des ordres. Une figure guère différente de ce qu'elles avaient connu à Sainte-O. Elles apprendraient d'ailleurs très vite que ses élèves lui reprochaient de parler « pointu » et de se montrer arrogante envers les Méridionales.

On nommait « Dames Noires » ces religieuses qui en 1905, au moment de la séparation de l'Église et de l'État, avaient défroqué pour continuer à enseigner. Trente-cinq ans plus tard, elles ne se cachaient plus vraiment, avec leur grande croix sur une tenue sombre. Les enseignantes étaient appelées « Madame », et les sœurs converses, qui s'occupaient de la cuisine, la lingerie, l'infirmerie, par leur prénom. Josépha régnait ainsi sur la porterie.

L'appel du matin commença.

— Apolline Chamassy ? Présente ! Dorothée Fogard ? Présente !

L'une comme l'autre devaient s'appliquer à cette nouvelle identité. Oublier Dotha, oublier la finale en *y* qui les rapprochait à Paris. Ne restait que la proximité dans l'ordre alphabétique pour s'appuyer l'une sur l'autre.

D'emblée, elles furent considérées comme un ensemble : on leur donna des tables voisines, des casiers voisins, et des numéros de trousseau qui se suivaient. Ainsi que des tabliers bleus à plis plats, boutonnés par-derrière. Une élève, en les voyant enfiler le tablier réglementaire par-dessus tout leur harnachement, expliqua avec des airs de conspiratrice :

— Quand il fait chaud comme en ce moment, nous sommes autorisées à ne pas mettre de robe dessous, juste la combinaison.

Cela changeait tout, en effet !

Dorothée éclata de rire, remercia, et se fit une amie.

Leurs bagages attendaient dans le bâtiment des pensionnaires, tout au fond de l'enceinte, jouxtant la clôture réservée aux religieuses.

Apolline aima aussitôt cette ambiance entre filles, sous la surveillance la plus lâche qu'elle ait jamais connue : il y avait quelques orphelines, d'autres qui habitaient trop loin pour venir tous les jours, ou subissaient « des difficultés » jamais précisées. Au dortoir, on riait beaucoup, on cancanait tout autant, on chuchotait après l'extinction des lumières, ou derrière le dos des bonnes sœurs… Dorothée se tenait sur la réserve, et souriait.

8

L'œuvre d'art n'est pas le reflet, l'image du monde,
mais elle est à l'image du monde.
Eugène Ionesco

La vie quotidienne très réglée de Jeanne-d'Arc, d'où étaient bannies les rêveries – cela se serait appelé de la paresse ! –, les entraînait jour après jour. À coups d'obligations et d'habitudes impérieuses, de devoirs sur table à présenter selon des règles très précises, de fêtes religieuses, de bouquets de fleurs pour la chapelle ou de boutons à recoudre, les journées coulaient, très loin de la guerre.

Les deux nouvelles ne connaissaient rien à tout ce qui occupait tant leurs camarades, les cancans de la ville, les naissances des petits frères ou les mariages des grandes sœurs. Durant les récréations, on parlait aussi bien sûr des « événements » qui agitaient les grandes personnes, en usant de mots flous et lointains. Mais il manquait aux élèves des pans entiers d'information, dont elles se débrouillaient pour fabriquer des vérités souvent fausses. En tout cas, répétaient les plus averties, l'ennemi n'oserait jamais s'attaquer à la ligne Maginot !

Dorothée, moins habituée que les autres à vivre ainsi en vase clos, demeurait aux aguets de ce qui se passait « là-haut » mais retenait ses questions, peut-être parce qu'elle avait peur de savoir, et sûrement pour ne pas se faire remarquer. Si blonde et si jolie, elle exerçait son charme particulier sur les professeurs comme sur les élèves, créant des sourires et des liens dont profitait son inséparable « cousine ».

Le soir, quand les externes rentraient chez elles en bavardant, elle les suivait de ses yeux transparents, un peu embués. Puis s'appliquait à sourire de nouveau, en ouvrant ses cahiers décorés de dessins d'enfants. Apolline, qui en avait reçu elle aussi sa part dans les lettres venues de Paris, les glissaient dans les protège-cahiers réglementaires, partageant le bonheur de manier ces joyeux coloriages.

Chaque dimanche matin, après la grand-messe à la chapelle, les deux filles sortaient, munies de l'exeat signé par Mme de Vittez. Elles passaient devant la loge en agitant victorieusement le sésame, et traversaient le faubourg pour rejoindre la villa Mirasol. Si proche, et pourtant invisible durant la semaine.

Derrière la grille, qu'il pleuve ou qu'il vente, Samba les guettait – comment connaissait-elle l'heure et le jour ? Mystère ! – et leur sautait dessus à grands coups de langue et d'aboiements. La petite chienne leur offrait cette tendresse joyeuse dont la discipline de Jeanne-d'Arc était dénuée : toutes deux se gorgeaient d'un coup, avec elle, de baisers, chatouilles, caresses et confidences murmurées dans les poils laineux. Puis elles allaient saluer Mme Chamassy qui les attendait en tricotant au salon, seule activité qu'elle se permettait le dimanche. Reine non plus ne travaillait pas le jour du Seigneur, mais la veille, elle avait préparé l'immuable cassoulet du dimanche et apporté de Caussède une tarte aux pruneaux offerte par sa mère.

Grand-mère, comme toutes les deux l'appelaient, montrait peu d'exigence envers ses pensionnaires : du moment qu'elles étaient à l'heure à table, les mains propres, disaient « bonjour », « merci » et « s'il vous plaît », tout allait bien ! Or, justement, Dorothée remerciait beaucoup, souvent, avec un très joli sourire.

Sitôt la tarte du dessert avalée, Grand-mère annonçait avec un soulagement à peine déguisé :

— Vous pouvez aller jouer, mes petites !

Il ne fallait pas le leur dire deux fois.

Selon le temps, elles filaient au jardin avec la chienne ou bien montaient au second étage de la villa, où leurs quartiers étaient établis depuis l'été. Dans une chambre mansardée où personne d'autre ne mettait jamais les pieds, elles retrouvaient intacts leurs trésors. Là, elles se sentaient reines en leur royaume : Apolline lisait et dessinait, dessinait, dessinait, de plus en plus souvent, avec l'espoir de saisir au bout de son crayon tout ce qu'elle ne comprenait pas dans les mots des grandes personnes. Dorothée tirait son coffret de cuir rouge de sous le lit, farfouillait dedans en rêvant, lisait et relisait les lettres et les dessins familiaux, écrivait son journal, posait des baisers sur les photos. Et rangeait vite ses trésors, avec une mine d'excuses, lorsque son amie la regardait.

De nouveau, la poste fonctionnait presque normalement. Mais les Fogarscy ne parlaient plus de vacances à Montauban. Seul Matyas assurait à sa grande sœur, d'une écriture si appliquée: *Papa est certain qu'on se retrouvera bientôt tous ensemble!*

Nana désormais gribouillait son nom sur les lettres.

— Je ne vais plus la reconnaître, disait Dorothée d'une drôle de petite voix mouillée.

Ensemble, elles répondaient aux petits garçons sur le même registre, en croquant à leur tour la dégaine de la sœur Josépha, la cabane du jardin de Mirasol, Samba sur son derrière, quémandant un morceau de pain…

Quand il faisait beau, de ce beau temps du Sud sec et venteux, les deux filles emportaient leur goûter dans la serre, ou s'installaient au « salon de verdure » qu'elles avaient pratiqué dans l'épaisseur de la haie de laurières. Là, elles passaient des heures à parler de leur vie d'avant, ce qu'elles s'interdisaient absolument à Jeanne-d'Arc sans qu'Apolline sache bien pourquoi. À imaginer l'arrivée de toute la famille Fogarscy, qu'elles espéraient toujours ; ou bien leur retour à Paris, à Noël ; et comment, désormais, fortes de ce trimestre d'indépendance, elles oseraient s'affranchir de Cabanac.

— Je la déteste! proférait Apolline, puisqu'elle ne risquait plus rien.

Et puis, remplie de son importance:

— Il faudra que j'aille très vite chercher mon tableau à la galerie. L'exposition d'Anton est certainement terminée!

Depuis les laurières, elles pouvaient aussi sortir dans la petite rue en impasse sans être vues, descendre jusqu'au Tescou, marcher le long des berges. Quelques minutes de liberté totale, une extraordinaire impression d'aventure pour Apolline.

À la fin de l'après-midi, la cloche de Jeanne-d'Arc appelait aux vêpres. Vite, elles apparaissaient au salon, tendaient leur front à Mme Chamassy, qui posait un instant ses aiguilles.

— Au revoir Grand-mère, merci beaucoup, à la semaine prochaine !

Les filles vissaient leur béret sur la tête et en trois minutes se retrouvaient dans le rang des pensionnaires pour entrer à la chapelle. Les joues roses de leur course et l'humeur rassérénée par ce « dimanche en famille », comme l'écrivaient les religieuses sur l'emploi du temps.

Peu avant Noël, une lettre d'Henri Chamassy demanda à sa mère, sans explications mais avec des remerciements anticipés qui ne lui laissaient guère le choix, de garder les petites durant les vacances. Irène accepta ce nouveau devoir à accomplir, parmi tous les autres. Elle annonça la nouvelle aux enfants le dimanche suivant, à table, en prenant soin de ne laisser percer aucun ennui dans sa voix. Aucun plaisir non plus. Les petites, en retour, ne pipèrent mot. Mais Dorothée, pour qui c'était une terrible déception, s'appliqua pendant tout le déjeuner à retenir ses sanglots.

À la fin de décembre, elles revinrent donc villa Mirasol pour deux semaines entières, avec cartables et valises.

Mais Samba n'était plus là !

Déodat l'avait emmenée dans un centre militaire qui recrutait des chiens pour l'armée.

— C'est notre contribution à l'effort de guerre..., expliqua Mme Chamassy.

Les filles se réfugièrent au second étage pour pleurer ; c'était la première fois depuis leur arrivée qu'elles trouvaient une raison valable de se le permettre.

Noël fut sinistre. Sinistre la maison privée de Samba. Sinistre la messe de minuit dans la cathédrale glaciale, et le chocolat chaud du retour, alors qu'elles tombaient de sommeil. Et même la pintade farcie du lendemain, que Reine apporta dans la sacoche de sa bicyclette et cuisina en faisant la conversation, en leur offrant surtout quelques-uns de ses rires sonores.

Au dessert, Irène fit « cadeau » à chacune d'une statuette de bronze sortie de sa vitrine d'acajou. Un pâtre et son bâton noueux pour l'une, un cheval en mouvement pour l'autre.

Dorothée remercia poliment, comme elle savait si bien le faire. Si attentive à ne pas peser, ni compliquer la vie de personne. Apolline, elle, était vraiment ravie, détaillant d'un doigt attentif la croupe, les jarrets, la crinière finement ciselée de sa possession. C'était, avec le tableau, un début de collection !

Mais elles eurent juste le temps de caresser le bronze doux et luisant. Les sculptures devaient rester dans la vitrine, car les filles étaient encore « trop jeunes pour en profiter ». Et pouvaient aller jouer.

Elles obtempérèrent, et montèrent l'escalier.

— On s'en fiche, après tout…

C'est ce jour-là qu'elles décidèrent solennellement de leur avenir. Il fallait bien marquer cette fête de Noël à laquelle les Dames les préparaient depuis si longtemps. *Les Deux jeunes filles*, quand elles reviendraient boulevard Saint-Germain, s'installeraient face au lit dans la chambre d'Apolline. Mais de temps en temps, elles monteraient au troisième étage, dans celle de Dorothée. Pour changer d'air…

Le tableau était devenu leur double, le symbole de leur vie d'avant, et l'image valorisante de ce qu'elles étaient en train de devenir. Avec lui il y avait la capacité d'oublier le moment présent pour imaginer l'avenir.

— Mais après la guerre, nous retournerons à Budapest, Papa l'a promis. Toi, tu auras *Les Deux jeunes filles* pour penser à moi !

Apolline se rembrunit. Elle voulait bien imaginer un monde redevenu normal, mais pas une vie sans Dorothée.

Après Noël, il y eut Pâques. Le printemps s'installa sans qu'il soit question de vacances ou de visite. Les lettres de Paris n'en disaient plus rien. Et plus personne non plus ne parlait de cette drôle de guerre où il ne se passait rien.

Elles prirent l'habitude, le dimanche après-midi, de quitter la villa par la laurière pour aller se promener en ville, bras dessus bras dessous. Dans le minuscule centre de Montauban, elles surent vite se repérer. En se tenant toujours, solidaires dans l'aventure, elles parcouraient les allées Mortarieu, puis au-delà, les Carmes et la rue Bonnetière, poussaient jusqu'au pont Vieux et au musée Ingres. Cette majestueuse bâtisse, plus grise que rose, avait été réquisitionnée presque au début de la guerre, fenêtres et grilles aveuglées. Sans cesse, des gens et des camions passaient et repassaient le grand portail. Ce sont « les gens du Louvre », disaient les Montalbanais, sur le même ton qu'autrefois M. Kallan, le directeur de la galerie du Faubourg. Apolline et

Dorothée y reconnaissaient sans se le dire un raccourci dans leur propre histoire : elles s'arrêtaient de longs moments devant le musée Ingres pour le simple plaisir de suivre des yeux les femmes aux allures citadines qui s'en allaient vers la rue de la Comédie, avec leurs tailleurs et leurs talons hauts.

Mme Chamassy, en réalité, n'ignorait rien de ces promenades, et n'y voyait aucun danger. Tant que les petites s'amusaient, et n'étaient pas dans ses jambes... Elle demanda même au vieux Déodat de remettre en état les deux bicyclettes de dames entreposées dans les communs. Selon les consignes habituelles, bien sûr, sans y dépenser un franc ! Les expéditions clandestines des filles s'en trouvaient ainsi validées, tout en perdant leur parfum d'aventure.

À la fête de la Pentecôte, elles sortirent officiellement par la grille, poussant fièrement leurs vélos, pour aller en ville assister à la procession de la Fête-Dieu et jeter sur son passage des paniers de pétales de roses. Plus tard, Reine les emmena pédaler le long du Tarn, jusqu'à la ferme de Caussède. Toute cette liberté nouvelle, la fraîcheur des berges, l'immensité de la campagne grisaient les pensionnaires.

Mais les festivités s'arrêtèrent là : il n'y eut pas de distribution des prix à Jeanne-d'Arc, pour la première fois depuis la fondation de l'institution. Car à la fin du mois de juin, au moment où le rythme se relâchait avec les grosses chaleurs, où les élèves échangeaient en récréation des projets de vacances familiales, une vague de réfugiés déferla sur Montauban. La ligne Maginot avait été contournée, la Belgique et les Pays-Bas envahis, entendirent-elles.

Des autos poussiéreuses, dont certaines portaient les traces de bombardements, bourrées de femmes, d'enfants et de vieillards, défilèrent lentement sur le faubourg du Moustier. Leurs occupants semblaient écrasés de fatigue, de faim et de peur. Ils s'installaient partout où ils le pouvaient, dans les bâtiments publics, les entrepôts ; des familles entières épuisées à même le sol des allées Mortarieu.

Les Dames Noires renvoyèrent chez elles les externes, transformèrent le réfectoire en cantine publique, et mirent au travail les pensionnaires, pour servir à table. Il y avait des Français du Nord, mais aussi des Belges, des Luxembourgeois, des Hollandais, parlant plus ou moins le français.

— Oïleee ? oïleee, oïleee !

Seule Dorothée connaissait assez d'anglais pour comprendre : la dame réclamait absolument de l'huile, car elle craignait l'occlusion intestinale après avoir roulé vingt-quatre heures sans s'arrêter. Avec des gestes très doux de grande sœur, Dorothée consola aussi un petit enfant perdu, qui resta accroché à sa jupe jusqu'à ce que l'on retrouve la famille affolée.

Certains réfugiés trouvèrent à se loger en ville, ou dans les fermes du Tarn-et-Garonne qui manquaient tant de bras. Les autres repartirent vers Toulouse et au-delà. Seules restaient à Jeanne-d'Arc, avec les Dames épuisées, vingt et une petites orphelines de Lille, qui n'avaient que quatre ou cinq ans, avec trois sœurs de Charité pour s'occuper d'elles.

Les deux Parisiennes s'éclipsèrent sans rien demander, emportant leurs affaires pour l'été. Elles avaient appris durant cette année à se faufiler entre les mailles de la discipline, pour décider elles-mêmes de ce qui était bon pour elles. Et savaient déjà que Cabanac ne viendrait pas les chercher, pas plus cette fois-ci qu'aux dernières vacances.

La villa Mirasol elle-même était sens dessus dessous. On y avait hébergé une famille de huit personnes, qui venait de reprendre la route vers l'Espagne, entassée dans une Delahaye. Toutes les réserves de la maison y étaient passées, un demi-jambon, un plein panier de tomates et courgettes, des confitures et des pâtés, leur expliqua Reine, en remontant sur sa bicyclette pour retourner à la ferme. Mme Chamassy se reposait dans sa chambre, elles devraient se débrouiller seules. Qu'à cela ne tienne, elles avaient l'habitude…

Le soir, elles découvrirent entre leurs deux lits, bien garées en épi, des petites voitures qu'un jeune propriétaire avait oubliées là. Dorothée éclata alors en sanglots :

— Mes parents aussi ont certainement dû s'enfuir. Maintenant, comment allons-nous nous retrouver ?

Apolline ne sut que répondre. Elle prit la main de son amie, mais n'osa pas déranger sa grand-mère pour lui demander des nouvelles de Paris.

9

Les artistes sont fous, comme tout le monde ;
mais pas vraiment comme tout le monde.
Françoise Giroud

Sous le gouvernement du maréchal Pétain, le patriotisme était devenu de rigueur. Chaque matin, les élèves, en rangs par classe, se réunissaient dans la cour d'honneur pour un Salut aux couleurs.

« Gloire à notre France immortelle,
Gloire à ceux qui sont morts pour elle,
Aux martyrs, aux vaillants, aux forts
À ceux qui suivent leur exemple
Et qui mourront comme ils sont morts. »

Depuis les fenêtres du bâtiment de la Croix-Rouge, il y avait maintenant des blessés pour les regarder, et parfois se mettre au garde-à-vous.

À la rentrée de l'année 1940-1941, l'énergique Mme de Vittez avait remplacé la vieille directrice, dans une institution surpeuplée et une ville qui ne l'était pas moins. Même le monde si bien clos de Jeanne-d'Arc s'était déréglé, l'extraordinaire devenait ordinaire, et l'ordinaire était sans cesse bouleversé. Sous la protection de la directrice, née dans la bourgeoisie industrielle de Lille, des familles nombreuses réfugiées du Nord y avaient inscrit leurs filles, qui regardaient de haut les Méridionales. Apolline et Dorothée devaient l'être devenues tout à fait puisqu'elles s'en agaçaient. En tout cas, contournant l'autorité des « grandes personnes » bien trop occupées, elles avaient pris le pli de l'indépendance : elles savaient raccommoder et repasser leurs uniformes, se couper les cheveux mutuellement, avaient appris de Reine comment faire avec leurs « périodes ». Et se tricotaient elles-mêmes des chandails avec la laine filée à Caussède, d'une couleur grège approximative ; l'une maîtrisant les torsades du tricot et l'autre les diminutions. Fondues dans la petite communauté des pensionnaires, toujours rivées l'une à l'autre et jalouses de leur intimité, habiles à fournir juste ce qu'il fallait d'assiduité et d'yeux limpides pour ne pas se faire remarquer, sous la férule assez douillette de Mme Marty, maîtresse des secondes.

— Bien sûr que nous sommes cousines ! rétorqua un jour Apolline, ulcérée, à Élisabeth, qui regardait avec suspicion ses nattes brunes à côté du casque blond de Dorothée.

Cette Élisabeth, arrivée à la rentrée avec ses sœurs, était une très jolie fille, intelligente et sûre d'elle, qui critiquait avec arrogance tout ce qui se faisait « dans le Midi ». Selon ce qu'elle entendait chez elle, « le niveau » de Jeanne-d'Arc était « déplorable », et ses élèves « très ordinaires ». Seule Dorothée, tête de classe en mathématiques, trouvait grâce à ses yeux. Celle-ci en profitait pour se ménager des conciliabules avec Élisabeth, écouter les récits chuchotés de tout ce qu'elle avait vu et vécu durant l'année précédente, « là-haut dans le Nord ».

L'internat aussi s'était rempli de nouvelles élèves : Ava, Téresa et Pétronilla, trois sœurs coiffées de nattes blondes enroulées autour de la tête, qui ne sortaient jamais le dimanche. Pendant la récréation du soir, après le départ des externes, il leur arrivait de fredonner des airs inconnus, aux paroles incompréhensibles. Dorothée, les joues toutes roses, les reprenait à pleine voix avec elles, et toutes en éprouvaient un plaisir visible. Cela rendait Apolline vaguement jalouse, renforçant le sentiment qu'elle avait depuis longtemps de n'exister qu'à travers leur duo.

Les allées de l'institution se transformaient en lieu de passage pour tout un tas de gens. Y compris des messieurs, ce qui était une révolution ! Quelques semaines après la rentrée, un certain M. Pfaff devint du jour au lendemain leur professeur de français, en lieu et place de Mme Marty, décidément débordée. Il était long et maigre, très distrait, et s'étonnait avec beaucoup de douceur de tout ce que ses élèves ne savaient pas. Certains parents s'étant émus de cette présence masculine auprès de jeunes filles, on avait installé la vieille sœur Marie-Ange au fond de la classe pendant les cours de M. Pfaff. Elle récitait son chapelet durant une heure, s'interrompant régulièrement pour soupirer : « Chuuuuut… ! »

M. Pfaff disparut un jour, sans rendre ses dernières copies et sans que personne ne s'en scandalise. Les élèves s'étaient déjà habituées à ne pas s'interroger sur ce qu'elles savaient sans réponse.

L'abbé Desbans, colosse rubicond d'âge canonique, à l'accent prononcé, le remplaça, mais pour enseigner les maths ; on ne jugea pas nécessaire de lui adjoindre une sœur converse. Mais après quelques séances, il se plaignit à la maîtresse de division :

— Toutes ces demoiselles qui tricotent, qui tricotent, moi ça me donne le tournis !

Car on tricotait pendant les cours ne nécessitant pas de prise de notes, c'est-à-dire la plupart, pour confectionner chaussettes et passe-montagnes à l'intention des prisonniers. Un « filleul de guerre » avait été attribué à chaque classe, choisi parmi les séminaristes du diocèse. Ordre fut donc donné d'interrompre le tricotage, mais uniquement pendant les cours de maths.

Le nouvel évêque de Montauban venait régulièrement présider les cérémonies à la chapelle. Les religieuses l'accueillaient en baisant son anneau pendant que les jeunes filles plongeaient dans une petite révérence. Mgr Théas bénissait tout le monde de grands signes de croix protecteurs tout en répétant qu'il fallait beaucoup prier pour la France et tous ceux qui souffraient de la guerre. Dorothée comme Apolline voulaient croire à l'amour et l'attention de Dieu pour chacune, à sa bonté et à ses pouvoirs : Dorothée s'y accrochait fermement, scrutait les promesses des textes saints, participait avec ferveur aux invocations, les yeux clos, tandis qu'au contraire la foi d'Apolline, telle qu'elle l'avait reçue de Cabanac dans son enfance, commençait à trembler : pendant les prières, elle aimait contempler les vitraux et les fleurs et perdait le fil.

Depuis que les Allemands réquisitionnaient les productions des fermes françaises, les pensionnaires, comme tout le monde, étaient nourries d'ersatz, de rutabagas à la place des pommes de terre, de pain de maïs qui faisait mal au ventre, de glands grillés pour remplacer le café dans le lait... Sans avoir jamais vraiment faim, elles éprouvaient une impression permanente de trop peu et de monotonie.

L'hiver commença tôt et devint glacial après Noël. Les deux filles avaient beaucoup grandi durant l'été précédent, Dorothée plus encore qu'Apolline : elles tiraient sur leurs manches, sur leurs combinaisons déchirées, sur leurs chaussettes usées. En février elles fêtèrent leurs quinze ans entre elles, sans recevoir de vœux d'anniversaire de Paris et sans oser se le faire remarquer l'une à l'autre. Simplement, elles s'endormaient plus souvent main dans la main, dans leurs lits voisins du dortoir. « Pour se réchauffer », se disaient-elles.

Mme Chamassy, parce que Reine le lui avait fait remarquer, décréta un dimanche qu'il fallait rhabiller « ses petites pensionnaires ».

À sa façon expéditive, elle leur fourra dans les mains un coupon de lainage bleu foncé tiré de ses réserves, avec une adresse sur un bout de papier.

— On m'a indiqué un tailleur très économique ! Il est prévenu : vous demanderez une autorisation de sortie jeudi pour aller vous faire faire des manteaux ; et deux jupes avec ce qui restera de tissu.

Cela leur convenait ainsi.

Mais jamais elles ne s'étaient encore risquées dans le quartier bas de Montauban, régulièrement inondé et qui sentait la pourriture. C'étaient les étrangers qui vivaient au bord de la Mandoune, les romanichels, les républicains espagnols, les Russes blancs.

Elles reçurent de Josépha l'exeat libérateur et traversèrent le pont Vieux, bien décidées à profiter à plein de ces deux heures de permission. Quel plaisir de déambuler en ville pendant la semaine, avec des boutiques ouvertes, leurs marchandises exposées sur les trottoirs, les sourires des passants... Rien que de porter le coupon contre leur poitrine, à tour de rôle, elles avaient déjà un peu plus chaud, et se sentaient beaucoup plus élégantes !

À l'entrée d'un immeuble sans enseigne ni devanture, elles tirèrent une clochette. La concierge les fit grimper dans une mansarde où cousait une vieille femme.

Apolline expliqua vaillamment leur affaire, déployant le trésor de tissu qu'elles apportaient. La femme hocha la tête, jeta un nom dans une langue gutturale. Elles virent alors un homme sortir d'une armoire, avec un mètre couturier à la main et un coussinet d'épingles-qui-piquent fixé sur le bras !

Apolline retrouva presque avec plaisir les gestes de l'enfance, quand il se mit en demeure de prendre leurs mesures. Bien droite, bras à l'horizontale, tournant lentement sur elle-même. Mais quand elle voulut adresser une grimace de complicité à Dorothée, elle se rendit compte que celle-ci tremblait, au bord des larmes.

Ceci fait, on les mit dehors. Comme convenu avec Mme Chamassy, les vêtements terminés seraient déposés contre paiement à la villa Mirasol.

Lorsqu'elles eurent passé le pont Vieux et se retrouvèrent dans un quartier plus connu, Apolline osa mettre son bras sur l'épaule de son amie, toujours muette.

Elle y répondit en chuchotant :

— Le tailleur parlait hongrois...

Comme la grosse bonne qui servait la famille Fogarscy à Paris, Apolline s'en souvenait bien.

— Mais alors, pourquoi n'as-tu pas engagé la conversation ?

Une fois de plus, Apolline se retrouvait devant cette évidence qu'elles ne partageaient pas absolument tout.

Dorothée, silencieuse, ravalait ses larmes, cherchait ses mots.

— Parfois, il vaut mieux ne rien dire. Papa nous le répétait souvent à Paris. Il y a des personnes mal intentionnées.

Quelques semaines plus tard, on leur livra deux robes faites de cretonne bleue, qui n'étaient pas tout à fait d'uniforme – mais cela n'avait plus beaucoup d'importance –, et deux autres de toile fleurie, un peu passée parce qu'elle avait longtemps servi de rideaux, qu'elles portèrent tout l'été.

Elles connaissaient désormais bien le chemin des fermes Chamassy, où elles allaient à bicyclette pour aider au ramassage des haricots verts, faire du petit bois pour le four aux pruneaux, ou laver les bocaux de verre en prévision des conserves. En échange, Mme Montech les nourrissait de pâtés, de tartes aux fruits, et de ses fameux beignets. Elle avait l'art et la manière de faire de délicieux gâteaux, sans beurre, sans farine de froment, parfois sans œufs, sucrés avec du raisiné. Après la nourriture rationnée du pensionnat, c'était un délice ! Leurs joues hâlées s'arrondissaient.

L'après-midi, elles s'échappaient tôt, juste après la sieste obligée à l'ombre des platanes, pour aller garer leurs vélos juste sous le musée Ingres. Il y avait là une petite plage, avec tapis de paille sèche et ombrages, où se retrouvaient l'après-midi certaines de leurs compagnes de Jeanne-d'Arc. Des jeunes filles installées à Montauban depuis la guerre, en compagnie de leurs frères et cousins inscrits à Saint-Théodard.

— Ouh ouh !

Élisabeth était toujours là, avec ses sœurs Anne-Marie et Jacqueline, et leur frère aîné Hubert.

Les « nordistes » accueillaient Apolline et Dorothée comme des amies à cause de l'aura de la villa Mirasol, mais surtout de leurs origines parisiennes. Un entre-soi se reconstituait au bord de l'eau.

Dans leurs costumes de bain tricotés main, elles s'asseyaient sur le sol tiède pour regarder ensemble plonger les garçons. Toute l'admiration du groupe convergeait vers Hubert, qui exécutait de magnifiques sauts de l'ange depuis le pont Vieux.

— Allez, Christian, Jacques, Gerry, à vous !

Hubert entraînait ses camarades à sa suite, donnait des conseils, encourageait toujours au risque. Les autres n'étaient peut-être pas aussi brillants en plongeons, mais prenaient soin de passer à proximité des jeunes filles pour les éclabousser en leur lançant de fines plaisanteries. Lesquelles riaient autant qu'elles protestaient.

Bien plus libres que les filles, les garçons passaient là parfois des journées entières, occupant tout l'espace de leurs voix rauques, de leur mouvement perpétuel. Ces corps tout en angles et en muscles, cette force un peu brutale, cette assurance et cette joie d'exister sous le soleil qui se dégageaient d'eux fascinaient Apolline et Dorothée. Ni l'une ni l'autre n'avaient jamais fréquenté de garçons de leur âge ; et sans même s'en rendre compte, elles s'alanguissaient, surveillaient leurs attitudes, parlaient un peu plus fort et plus pointu.

Ils s'intéressaient aussi plus qu'elles aux événements de la guerre, ou bien étaient mieux renseignés. Dorothée, les yeux brillants, prenait part à leurs discussions avec des connaissances que son amie ne lui soupçonnait pas. Apolline avait déjà entendu tous ces mots avec lesquels ils jonglaient, mais n'en comprenait pas toujours le sens ni l'ordre. Il s'agissait de batailles lointaines, en Libye, en Égypte, de la zone occupée et des ordonnances sur le statut des Juifs. Et surtout, surtout, de la récente arrestation d'Honoré d'Estienne d'Orves. Un brillant officier qui, refusant l'armistice, avait rejoint le jeune général de Gaulle à Londres avant de revenir en mission dans la France occupée.

— Il a eu bien raison !

— Une effroyable gifle à notre orgueil national !

Jusque-là, dans la bonne société montalbanaise, on considérait que les pleins pouvoirs accordés au maréchal Pétain garantissaient au moins l'existence d'un État, d'un gouvernement respectable. Mais les jeunes gens de Saint-Théodard pensaient désormais autrement. Les fils d'officiers – Montauban accueillait le troisième régiment de hussards – évoquaient avec gourmandise « notre empire intact » et baissaient la voix pour parler des « Français parlent aux Français », l'émission interdite de la BBC qu'ils semblaient tous écouter. À la villa Mirasol, il n'y avait pas de poste radio.

Les garçons se rapprochaient encore plus pour chuchoter que rien n'était plus facile que de passer la frontière par les Pyrénées, pour rejoindre la France libre.

— Il suffit de trouver un paysan du coin pour vous guider vers les sommets à travers des sentiers perdus. Et de là on se laisse glisser sur le derrière jusqu'en Espagne…

Puis le grand Hubert se relevait d'un bond en chantonnant à mi-voix, par provocation envers ses sœurs qui auraient voulu le faire taire.

— Radio Paris ment, Radio Paris est allemand…

Et, mettant ses camarades au défi, courait escalader les arches du pont. Saluait avant de plonger.

— Bravo, bravo !!!

Ses admiratrices applaudissaient autant les affirmations guerrières d'Hubert, les espoirs qu'il affichait, que la virtuosité de ses plongeons.

Le soir, les deux filles rentraient à la villa Mirasol la nuque cuisante de soleil, un peu ivres de grand air et d'émotions. Mme Chamassy s'était déjà retirée dans sa chambre depuis longtemps. Les provisions de Caussède, talées par la chaleur dans leurs porte-bagages, leur servaient de dînette du soir.

10

L'art, ce sont des mains qui prennent la parole
et transforment nos silences en actes splendides.
Paul Cézanne

« Moins on en dit, mieux c'est pour tout le monde », Reine Montech l'avait appris à ses dépens. Elle avait assez souvent senti son cœur se décrocher, et parfois frôlé la catastrophe, pour respecter les ordres. Mais il lui fallait aussi sans cesse résister à l'envie de partager le fardeau, la peur, les questions.

Elle avait seize ans au moment de la déclaration de guerre et travaillait déjà depuis plus d'un an à la villa Mirasol. Car tout avait changé pour les Montech au début de l'année 1938 avec l'accident du père : une méchante chute depuis le toit de la grange, et il s'était retrouvé cloué à perpétuité sur son lit. Lui qui avait été un maître de maison travailleur et autoritaire en était réduit à regarder sa femme s'éreinter à la tâche, ses gamins lui échapper, tout en dépendant d'eux pour le moindre geste. Son impuissance le faisait hurler de rage, parfois des heures entières. Robert, le fils aîné, était devenu, bien trop jeune, le chef de la ferme de

Caussède. Leur propriétaire, Mme Chamassy, avait alors proposé à la cadette de venir gagner un peu d'argent à la villa Mirasol.

À Montauban, Reine avait découvert la vie citadine et de nouveaux horizons grâce à Angèle, qui travaillait à deux pas de la villa Mirasol.

Angèle Lafons, de six ans son aînée, née comme elle dans une famille paysanne de Grigney, secondait autrefois l'abbé Audrerie : le patronage pour les enfants du village, le ciné-club, les secours aux familles. Fervente, généreuse, libre et joyeuse : un modèle pour la jeune Reine !

Formée par les sœurs, Angèle était partie plus tard travailler comme secrétaire à l'évêché de Montauban. Elle accueillait les visiteurs, traitait le courrier, ronéotypait le bulletin du diocèse et mille autres choses.

À l'arrivée faubourg du Moustier de la nouvelle petite bonne des Chamassy, Angèle lui avait aussitôt offert son amitié. Reine l'avait acceptée avec autant de reconnaissance que d'admiration. Souvent, sortant de la villa pour rentrer à la ferme, Reine accotait son vélo à la grille de l'évêché et toquait au petit bureau du pavillon d'entrée pour le plaisir de bavarder et rire avec Angèle.

À force de voir du monde, de manifester à chacun de l'intérêt et de la bienveillance, Angèle savait tout ce qui se passait à Montauban, et même ailleurs. Avec elle, tout semblait possible : c'est ainsi que Reine avait voulu devenir sténodactylo elle aussi. C'était décidé, elle irait, comme Angèle, suivre les cours de l'école tenue par les sœurs de la Miséricorde à Toulouse pour obtenir un CAP.

— Bien sûr tu y arriveras, je t'aiderai ! l'encourageait Angèle. Parles-en à ta patronne, elle te laissera du temps.

Mme Chamassy fut donc consultée. Elle ne comprenait pas l'intérêt de ce métier inconnu, mais ne vit aucun inconvénient à ce que Reine, sur son temps libre, remplace le ramassage et la cuisson des prunes par des voyages à Toulouse.

— Si tes parents en sont d'accord, bien sûr !

Hélas, avant le début de ces fameux cours, l'apparition des petites Parisiennes, avec leur exigeante gouvernante, avait alourdi son travail. Puis la guerre était arrivée.

À peine mobilisé, Robert avait été fait prisonnier. La Croix-Rouge, heureusement, l'avait identifié et localisé. On n'avait pas eu le temps de s'inquiéter : une carte préremplie leur avait appris qu'il était retenu dans un stalag de Haute-Silésie et demandait des colis.

Depuis, Reine se partageait entre la villa Mirasol et la ferme, que la mère ne pouvait tenir seule, même en faisant appel à des réfugiés pour les gros travaux. D'autant qu'il n'y avait personne pour l'aider à Lestapis, l'autre ferme des Chamassy, avec qui l'usage était depuis toujours de se donner la main. La grand-mère restée seule était partie vivre chez une nièce, avec les petits et les animaux.

Reine espérait très fort un retour rapide de son frère puisque le maréchal Pétain avait promis de faire libérer les travailleurs indispensables à leur famille. Mais Angèle en doutait. Elle entraînait sa jeune amie dans une autre vision du monde. Alors qu'à la ferme, comme à la villa Mirasol, on ne parlait jamais de rien, Angèle parlait de tout, savait tout. Sur les repliés venus du Nord, sur les réfugiés d'Europe centrale, sur les israélites, sur tous ces pauvres gens qui avaient dû fuir loin de chez eux et de la guerre, là-haut.

Alors Reine avait tout de suite dit oui quand son amie lui avait demandé de l'aide. Pas grand-chose, juste quelques coups de pédale supplémentaires : il s'agissait de profiter de ses trajets réguliers entre Grigney et Montauban pour passer à la ferme Lafons prendre des provisions, puis les transporter sur son porte-bagages jusqu'au collège Saint-Théodard.

Angèle avait ajouté :

— Moins tu en dis sur ce que tu fais, mieux c'est pour tout le monde !

Au début des allées Mortarieu, où elle passait chaque jour, une inscription avait été écrite sur un mur, avec un morceau de charbon de bois : *Taisez-vous, méfiez-vous, les oreilles ennemies vous écoutent.* Reine ne posait donc aucune question et ne parlait pas non plus à sa famille de ce petit crochet quotidien sur les quais du Tarn.

À force de discuter avec Angèle, elle devint sensible à mille détails, aux phrases qui s'interrompaient, aux silhouettes trop pâles aperçues à l'évêché, ou à ceux qui venaient se louer à la ferme sans savoir vraiment travailler de leurs bras.

Il n'était pas difficile de constater que la population de Montauban avait triplé, comme dans chaque hameau aux alentours de Caussède. Tout un peuple survivait là, invisible et inquiet, et elle était heureuse de contribuer à aider.

— Dis-moi si je peux être utile encore !

Angèle la remerciait avec chaleur tout en précisant que les risques étaient aussi plus grands. Elle lui avait confié une grande enveloppe pour ses propres parents :

— Mets-la tout au fond d'une sacoche, au cas où les gendarmes te contrôleraient. Notre ferme est sur la route de l'Espagne ; il y a beaucoup de monde qui passe, et qui a besoin de papiers pour circuler, de tickets de ravitaillement…

Reine découvrit ensuite, en récitant des messages appris par cœur, que le parc de Saint-Théodard communiquait avec ceux de ses grands voisins : la faculté de théologie protestante, d'un côté, « prestigieuse héritière de l'histoire réformée de la ville », comme l'expliquait un panneau ; et de l'autre côté le couvent des Carmélites. Tous cachés derrière des murs épais : en cas de visite des autorités, il était possible de passer de l'un à l'autre, pour s'échapper par-derrière, en limite de la ville, vers les bois de chênes-lièges et le chemin des crêtes.

Un autre jour, alors qu'elle apportait du courrier au grand séminaire, une plaisanterie lui tomba dans l'oreille, qu'elle n'aurait pas dû entendre : « Nos maisons religieuses compteront bientôt au mètre carré la plus forte concentration de Juifs en France… »

Reine, qui ne connaissait rien à la politique, s'éclipsa un peu plus lucide.

De toute façon, la préoccupation principale de tout le monde, c'était le ravitaillement. Les fermes devaient déclarer toute leur production, dont une grande partie partait pour l'Allemagne : il fallait tricher pour arriver à nourrir les clandestins. L'été, il y avait toujours des fruits qui ne se transportent pas, les pêches, les raisins et plus tard les châtaignes, des glands à concasser et à griller. Pour le reste, on se débrouillait avec des cartes de rationnement, des coupons pour le beurre, le chocolat, le textile. Quand un arrivage était annoncé, Mme Chamassy envoyait Reine faire la queue des heures entières devant les boutiques pour trouver du sucre ou du savon. Il n'y avait plus d'essence pour les cyclomoteurs, et plus du tout de voitures en circulation.

11

L'art nous livre et nous délivre des émotions.
Stéphane Théri

Le 18 janvier 1942 se trouva être un dimanche terriblement pluvieux. Apolline et Dorothée quittèrent Jeanne-d'Arc comme d'habitude, après la messe. Vite, un signe à la sœur Josépha, sans même montrer leur autorisation de sortie, vite pour ne pas se faire arrêter au passage à cause d'un béret de travers, de chaussettes tire-bouchonnées, ou de tout autre prétexte irréfutable.

Elles prirent leur élan pour traverser le faubourg, sous la pluie battante. Mais devant la maison, elles butèrent sur la petite porte de la grille. Cela n'arrivait jamais qu'elle soit fermée à clé en pleine journée ! Mme Chamassy, rituellement, allait de son pas pressé l'ouvrir le matin et la fermer le soir. Quant au grand portail, il ne servait qu'à Déodat pour passer avec la carriole ; et Déodat venait rarement durant la morte saison. Samba, depuis longtemps ne les attendait plus ; la petite chienne leur manquait toujours autant, et chaque dimanche elles pensaient à elle.

Elles secouèrent d'abord la serrure, tirèrent tant et plus sur la clochette. Son timbre rouillé était devenu presque inaudible.

La sœur Josépha devait les surveiller depuis leur sortie, car elle émergea de la loge, de sa démarche dandinante, pour les rejoindre sur le faubourg du Moustier désert. Alors, sans se concerter, toutes deux inventèrent un mensonge à deux voix : oui, oui, la porte était parfois verrouillée et elles devaient alors entrer par-derrière ; oh non, elles n'avaient besoin de rien !

Surtout, surtout, que personne jamais ne se mêle de leurs affaires.

Puis elles déguerpirent en direction du Tescou.

Prendre appui sur le muret de mousse spongieuse pour sauter par-dessus, se glisser dans les laurières, traverser, courbées en deux, le salon de verdure en déclenchant une douche de feuillages dégoulinants, ressortir côté jardin : elles connaissaient très bien le chemin et débouchèrent, trempées, courant toujours, devant la corbeille dénudée de ses fleurs.

La porte d'entrée de la maison était fermée aussi. Mais là, elles savaient où trouver la clé : « Je vous montre, mes petites, si jamais vous en aviez besoin ? Au fond de la serre, sous un pot de terre cuite renversé... Attention à ne pas abîmer les orangers au passage, et remettez-la bien à sa place n'est-ce pas ? » disait Grand-mère.

En tournant malaisément cette clé dans la serrure, elles tremblaient de froid. Ou bien de peur. Par réflexe d'obéissance, comme pour tant de choses qu'elle faisait, Apolline remit aussitôt la clé dans la poche de son manteau.

Tout était silencieux derrière les volets fermés. Pas de couvert dressé dans la salle à manger, pas de préparatifs sur le fourneau éteint.

— Grand-mère ? Grand-mère ?

Cela ne se faisait pas de héler une grande personne, elles le savaient bien. Mais montaient la voix au fur et à mesure, de plus en plus fort, pour tenter d'apprivoiser tout ce silence.

En se tenant la main et en faisant le moins de bruit possible dans l'escalier grinçant, elles se risquèrent à l'étage.

La porte de la chambre grande ouverte, les rideaux de la fenêtre fermés, et la silhouette de Mme Chamassy, allongée sur son lit, immobile.

Une fois leurs yeux accoutumés à la pénombre, elles fixèrent son visage, qui était le point le plus clair de la pièce. Même de loin, il avait un aspect étrange, très lisse et très blanc, presque transparent sous les cheveux de neige. Sur la table de nuit, un dentier nageait dans un verre.

Grand-mère n'avait donc pas de vraies dents ?

Il était plus facile de se poser cette question-là qu'une autre.

Parce qu'en réalité, l'une et l'autre avaient compris tout de suite. Même si elles n'avaient jamais vu de cadavre.

Elles n'osaient ni se regarder, ni s'avancer. À un moment pourtant, Dorothée fit un mouvement pour se rapprocher d'Apolline, et chacune découvrit alors que l'autre était en larmes.

Dorothée tira son amie en arrière, l'arrachant à la sidération :

— Viens, il faut nous sécher.

Elles étaient toujours trempées et gelées. C'était une bonne raison de s'enfuir, elles dégringolèrent l'escalier.

La cuisinière à bois conservait des braises une nuit entière, pas plus. Aussi, depuis toujours, Irène Chamassy commençait sa journée en y versant un seau de charbon crépitant. Elle avait dû la charger la veille au soir pour la dernière fois, puisqu'il restait juste quelques boulets rougeoyants.

Dorothée connaissait mieux les gestes, ou conservait de meilleurs réflexes : elle relança le feu, sortit des provisions du garde-manger. Fabriqua une dînette et un cocon de chaleur où elles se lovèrent ensemble, silencieusement. Elles n'osèrent même pas remonter pour aller chercher des vêtements secs dans leur chambre du second étage, ni utiliser les châles accrochés dans l'entrée.

Quand la cloche de Jeanne-d'Arc sonna les vêpres, de l'autre côté du faubourg – une suite interminable et triste de battements –, elles ne bougèrent pas. Collées contre le fourneau, avec entre elles les reliefs de saucisson et de pruneaux de leur déjeuner. En état de choc.

C'est Josépha qui donna l'alerte à la nuit tombée.

Les gendarmes pénétrèrent facilement dans la villa plongée dans l'obscurité. Ils découvrirent les deux enfants, leur tapotèrent gentiment l'épaule, pour ne pas les effrayer.

L'un d'eux vint ensuite leur expliquer, avec le bon sens d'un père de famille, et un chaleureux accent occitan :

— Le cœur de la mamie s'est arrêté de battre…

De loin, elles virent le brancard recouvert d'un drap blanc descendre l'escalier, porté par quatre hommes.

Un peu plus tard, Mme Marty, qui ne sortait jamais en ville, sans doute à cause de son embonpoint, vint elle-même les chercher pour les conduire au réfectoire. Mais elles n'avaient plus du tout faim.

La semaine commença, semblable à la précédente : Salut aux couleurs, cours de français, de latin et de mathématiques, prières et tours de service au réfectoire. Les deux filles, mutiques et raides, suivaient tant bien que mal les mouvements collectifs. Aucune des deux ne s'acquitta de ses tâches quotidiennes, distribuer les cahiers du jour, passer l'éponge sur les tables, éteindre les lumières dans la salle d'étude. Sans rien dire, les sœurs aux nattes blondes s'en chargèrent pour elles. Elles ne rendirent pas non plus la traditionnelle composition française du mardi, mais personne ne s'en aperçut. Et ne lurent pas plus les petits messages de compassion, bien pliés en huit sous leurs oreillers, que déposèrent leurs voisines de dortoir. Tout le monde savait ce qui s'était passé, mais personne n'osait s'approcher d'elles.

Le mercredi soir, Apolline fut appelée dans le bureau de la directrice. La religieuse prit au sérieux les larmes qui roulaient toutes seules sur ses joues, simplement parce qu'on la regardait.

— Votre grand-mère est désormais au ciel, heureuse auprès du Bon Dieu ! assura Mme de Vittez avant d'ajouter que, malheureusement, son père ne pourrait pas venir aux obsèques.

— De l'étranger, c'est tout à fait impossible dans les circonstances actuelles.

Apolline sursauta :

— Vous avez prévenu mon père ?

Jusque-là, pour elle, l'événement ne les concernait que toutes les deux, Dorothée et elle. Henri Chamassy appartenait à un autre monde, une autre époque, un peu estompés.

— Je lui ai envoyé un télégramme, bien sûr. J'ignore s'il l'a déjà reçu. À l'époque que nous vivons…

La directrice répondait de cette façon claire et sèche dont elle menait l'institution. Sa phrase tourbillonna un moment dans l'esprit de la jeune fille avant qu'elle en comprenne le sens : son père possédait donc une adresse, il était à l'étranger. Sous le coup de l'émotion, elle en dansa d'un pied sur l'autre, comme si elle voulait s'échapper, mais n'osa pas forcer le silence pressé de Mme de Vittez et se contenta d'une mine interrogative. La directrice lui tapota la main :

— Ne vous inquiétez pas, Apolline, tout va bien ! Nous avons reçu le mandat de vos pensions, pour vous et Dorothée, il y a quelques jours à peine. Avec un petit mot aimable de la main de votre père, comme à l'ordinaire.

Les mots bouillonnèrent une nouvelle fois devant elle avant de devenir compréhensibles.

La directrice n'imaginait pas, sans doute, à quel point son élève était privée de nouvelles. Elle précisa d'une voix plus rapide encore qu'au début de l'entretien, manière de donner congé :

— Je vous ai fait appeler pour vous prévenir que Mgr Garrigue, l'archiprêtre, célébrera les funérailles de votre grand-mère vendredi matin à la cathédrale. C'est un honneur, savez-vous ? Mme Marty vous accompagnera, Mlle Fogard et vous : uniforme impeccable, n'est-ce pas ? Faites-nous honneur, je compte sur vous !

Une main douce, faite d'os pointus, se posa sur son épaule pour la pousser vers la porte.

Apolline rapporta à Dorothée, qui l'attendait solitaire dans un coin de la cour, la date et l'heure de l'enterrement, en s'étendant sur les recommandations qui allaient avec. Quelque chose la retenait de parler du reste de la conversation : il lui était impossible d'avouer qu'elle avait des nouvelles de son père et que c'était lui qui payait désormais la pension de son amie. Elle aussi, maintenant, portait sa part de silence et de non-dits et découvrait que cela n'affectait en rien leur solidarité et leur affection réciproque.

L'enterrement passa sans qu'elles n'en retiennent rien. Il n'avait pas cessé de pleuvoir de la semaine et leurs manteaux mouillés pesaient sur elles autant que l'effroi, en remontant la nef de la cathédrale. Au premier rang, presque cachées dans les plis noirs de l'opulente Mme Marty, elles sentaient dans leur dos vibrer toute une assistance inconnue, qui maîtrisait mieux qu'elles les rites de la cérémonie. Incapables de prêter attention aux gestes du célébrant, elles se levaient, joignaient les mains, s'agenouillaient ou baissaient la tête machinalement, et toujours à contretemps.

Après l'absoute, on se salua en chuchotant au fond de la cathédrale, car des paquets de pluie entraient par le porche ouvert. Autour d'elles, les conversations évoquaient une Irène Chamassy qu'elles n'avaient jamais connue : une dame qui avait été une amie pour beaucoup de ces vieillardes tristes, mais qui s'était peu à peu retirée du monde à cause de sa fragilité cardiaque, de sa fatigue, de ses difficultés... De tout cela, elles ne savaient rien, et personne ne faisait attention à elles, tandis que la pluie redoublait.

Quand la voiture à cheval caparaçonnée de velours noir et argent se présenta sur la place pour emporter le catafalque, Mme Marty les prit affectueusement dans son giron :

— Il fait vraiment trop mauvais pour suivre le cercueil jusqu'au cimetière. Votre grand-mère, depuis le ciel, nous pardonnera !

Elles rentrèrent donc tout de suite à Jeanne-d'Arc en luttant contre le vent. Au point que le parapluie noir de la maîtresse de division se retourna en arrachant plusieurs baleines, ce qui ajouta encore à l'atmosphère de drame : l'objet était la possession commune et unique de toutes les Dames de Saint-Maur, impossible à remplacer en ces temps de guerre.

Ce soir-là, les deux amies s'endormirent en se tenant la main. Jusqu'alors, elles se croyaient maîtresses du jeu, fières de se dérober à l'autorité et de se débrouiller seules. Mais depuis la mort de Mme Chamassy, elles se découvraient surtout livrées à elles-mêmes.

À Jeanne-d'Arc, les pensionnaires dépourvues de famille à Montauban étaient devenues plus nombreuses. Ce qui leur rendait d'autant plus facile de se faire transparentes ou de s'échapper du groupe. Toutes ces élèves venues d'ailleurs vivaient avec leurs souvenirs : certaines racontaient – pas toutes – des histoires de bombardements, de ponts coupés, de faim et de rationnement ; d'autres faisaient des cauchemars qui réveillaient le dortoir entier. Apolline et Dorothée fuyaient instinctivement ces récits : depuis un moment, elles avaient compris que le silence de leurs familles et la disparition de Cabanac étaient liés à ces choses terribles qu'elles ne voulaient pas entendre.

Le dimanche, jour de nostalgie par excellence, les pensionnaires luttaient chacune à sa manière pour meubler le temps, dans des bâtiments trop grands et trop sonores. Certaines se serraient les unes contre les autres en chuchotant, ou bien se jetaient dans les activités charitables proposées par les religieuses. D'autres au contraire se rencognaient derrière un livre, jalouses de leur solitude.

Quand la semaine se termina, avec la messe dominicale dans la chapelle où elles prièrent avec ferveur pour la défunte qu'elles découvraient si précieuse pour elles, Apolline et Dorothée, sans vraiment se concerter, se dirigèrent comme à l'habitude vers la porterie, aux aguets de l'instant où Josépha tournerait le dos. Et elles coururent, coururent, directement vers la ruelle du Tescou. Avec sa clé, qui avait passé la semaine dans sa poche et qu'elle tripotait sans cesse pour s'assurer de sa présence, Apolline ouvrit la porte.

Manifestement, Reine était passée dans la maison ; ce fut un immense soulagement, et une forme d'approbation, de complicité même avec leur présence. La chambre de Mme Chamassy était rangée, comme si elle allait revenir bientôt. Ce qu'elles avaient laissé de vaisselle sale dans la cuisine avait disparu et sur la table attendait un petit panier de beignets. Rien ne pouvait leur faire plus plaisir, autant par gourmandise que pour l'attention qu'ils manifestaient. Il y avait aussi de nouveaux bocaux dans le garde-manger.

Dans la maison froide elles se pelotonnèrent sous les édredons de leurs lits, et se mirent à grignoter leurs beignets tout en bavardant. Comme des petits animaux roulés en boule pour se défendre, désormais débarrassées de toutes contraintes et de tous horaires, elles savouraient le plaisir d'échapper à la réalité, à la vie collective, de parler sans contrôle, de n'exister que pour elles-mêmes. Elles recommencèrent ainsi chaque dimanche. Ces après-midi à la villa Mirasol, immuables et sereins, reconstituaient leurs forces pour la semaine.

Déodat n'étant plus là pour entretenir le jardin, il était devenu une jungle qui les isolait encore mieux du monde extérieur. La serre abritait un potager qui donnait un peu à chaque saison. Et des framboises presque tout le temps ! Reine pourvoyait à tout le reste : elle apparaissait à n'importe quelle heure, toujours un peu pressée, les embrassait, tirait de ses éternelles sacoches un talon de jambon, des œufs, des pommes de terre ou un morceau de lard, donnait un coup de torchon ou de balai, passait par les communs, repartait sans les déranger.

De leur côté, les filles avaient appris à ne compter que sur elles. Elles parlaient, cuisinaient, dessinaient, jardinaient, parlaient… mais n'écrivaient plus jamais à Paris. Leur indépendance les protégeait de tout, croyaient-elles. Même des noms étranges et effrayants étalés sur les manchettes de journaux qu'elles tiraient de la boîte aux lettres pour allumer le feu de la cuisinière.

Jamais elles ne s'ennuyaient ensemble. Dorothée conservait ce don de chasser tous les chagrins à coups de plaisanteries et de rires. Comme dans le salon aux tableaux colorés du boulevard Saint-Germain, elle esquissait un pas de danse, lançait un « Plus tard, quand... » sur lequel Apolline rebondissait avec reconnaissance.

Quand la guerre serait finie, quand elles quitteraient Jeanne-d'Arc, quand elles retrouveraient Nana et Samba, et les délicieux petits fours de Potel et Chabot. Quand elles décideraient complètement de leur vie...

« Quand je retrouverai mon tableau », pensait souvent Apolline, en rêvant les yeux ouverts. Sans le dire, car elle savait bien que Dorothée parlerait alors de son retour en Hongrie et que ses yeux clairs brilleraient.

Dorothée, de son côté, ouvrait son coffret, plongeait en silence dans ses souvenirs. Cela faisait longtemps qu'elle ne recevait plus de lettres, mais elle lisait et relisait les anciennes, le passé et le présent se mélangeant dans cette maison intemporelle. Sur les feuilles de papier à lettres de plus en plus froissées, demeuraient la tendresse et les promesses d'avenir.

Apolline, désormais, acceptait les silences de son amie. Parce qu'elle aussi avait les siens : cachée derrière un livre, elle pensait à son père. Elle l'avait toujours vu partir et revenir « de l'étranger », sans jamais se demander où il allait, ni s'inquiéter ; désormais, elle aurait voulu savoir.

Parfois, toutes deux s'autorisaient des visites dans les placards de la grande maison. À l'office, elles goûtaient à même les pots aux confitures entreposées depuis des années, en creusant à travers la petite couche de moisi qui se déposait avec le temps sous le papier de cellulose. Pénétraient avec un plaisir coupable dans le salon, sur la pointe des pieds tout de même, pour caresser les courbes des bibelots et des statuettes dans la vitrine. La grande armoire de Mme Chamassy révéla des trésors de lainages accumulés durant une vie entière de tricoteuse frénétique : elles s'attifaient en riant de bas de laine, de châles et de liseuses mauves avec un renard comme cache-nez, un fichu ou une toque de guingois sur la tête. Comme toute dame respectable, leur grand-mère possédait aussi des fourrures, rangées dans de la naphtaline. Une veste de mouton doré, très lourde et très chaude, et un manteau d'astrakan tout frisé, qu'elles étalèrent à demeure sur leurs lits, juste pour s'y enfouir. L'hiver prochain, elles auraient bien chaud ! Finalement, ces dimanches étaient plutôt gais.

Aux beaux jours, elles retournèrent sur les bords du Tarn. Mais les jeunes gens de Saint-Théodard avaient disparu, et cela en rompait tout le charme ! Élisabeth prit une mine mystérieuse et fiérote pour expliquer :

— Hubert est parti. Un soir, il a prévenu nos parents qu'il partait marcher dans les Pyrénées en compagnie de ses camarades, Michel et Christian, vous vous rappelez d'eux ? Le lendemain matin, ils n'étaient plus là.

— Sans attendre de passer leur bachot ? s'étonna Apolline

— Ils ont eu bien raison !

Dorothée avait dit cela avec fermeté. Cela fit frissonner Apolline, et rasséréna un peu Élisabeth, plus inquiète qu'elle ne voulait le laisser paraître.

— Mes parents n'ont aucune nouvelle de lui depuis…

12

Ce que nous appelons une œuvre d'art est le résultat d'une action dont le but fini est de provoquer chez quelqu'un des développements infinis.

Paul Valéry

L'abbé Audrerie, curé de Grigney, avait apporté la mauvaise nouvelle à la ferme Caussède.

Il y venait souvent rendre visite au père, encaissant avec bonne humeur les reproches vigoureux que l'homme faisait au représentant de ce bon Dieu si injuste envers lui. Audrerie n'essayait pas de faire accepter son sort à M. Montech, juste de le garder parmi les humains, en lui donnant des nouvelles du pays. Le soleil ou les orages sur les cultures, les naissances et les mariages dans les fermes – il évitait les morts –, les problèmes de la commune et de ses habitants. L'abbé, qui recevait beaucoup de monde au presbytère, savait tout ce qui se passait jusqu'à Montauban d'un côté et Toulouse de l'autre.

Il était arrivé sous une pluie torrentielle.

— À ne pas mettre un curé dehors ! avait-il plaisanté.

— Vous auriez dû attendre un autre jour pour venir !

Mme Montech se désolait, tout en faisant bouillir sa décoction de glands grillés. Depuis la chambre voisine, le père avait entendu les voix, et grognait pour appeler.

— On vient de trouver Mme Chamassy morte dans son lit…

Un long silence avait suivi, le temps pour chacun des Montech de réaliser la catastrophe que cela représentait : ils perdaient une propriétaire peu exigeante, qui payait les réparations, l'achat du matériel et des graines. Qui d'autre s'accommoderait d'une ferme tenue par un invalide ? Et Reine perdait son emploi, le seul apport régulier d'argent dans la maison.

La mère Montech, qui ne savait pas rester sans rien faire, s'était essuyé les yeux et mis à faire des beignets pour les petites, histoire de les consoler un peu. Elle ne connaissait rien du monde dans lequel évoluaient ces enfants : jamais elle ne quittait la ferme, où il y avait trop à faire, où elle ne pouvait laisser son mari seul. Mais savait bien que tous les enfants sont gourmands…

Quand l'abbé, une heure plus tard, était remonté sur son vélo, il avait dit à Reine :

— Il faut que tu continues à travailler à la villa Mirasol, on se débrouillera pour tes gages. À cause des deux gamines de Paris qui se retrouvent seules. Et puis c'est utile, ce que tu fais tous les jours, en allant à Montauban…

Reine n'avait pas eu le temps de se demander si elle pouvait arrêter : jamais il n'y avait eu autant de matériel à transporter et de messages à transmettre. Même s'il n'y avait plus grand-chose à faire dans la villa presque abandonnée, elle avait besoin d'y passer souvent : les communs étaient utilisés comme entrepôt pour tout ce qui ne devait pas se retrouver à l'évêché. Par les berges du Tescou, on passait rapidement de l'un à l'autre.

Un jour, devant le musée Ingres, deux Français inconnus, en civil, lui demandèrent sans amabilité de faire demi-tour. Elle fut bien obligée d'obéir et alla jusqu'aux fourrés bordant la Mandoune pour se débarrasser du paquet lourd et carré qu'elle transportait sous ses patates. Un émetteur radio ; personne ne le lui avait dit, mais elle le savait bien. Puis, délestée, fila tout droit à l'évêché.

— Tu as fait exactement ce qu'il fallait !

Angèle l'avait rassurée, avant d'aller elle-même récupérer le paquet.

C'est elle à chaque fois qui redonnait du courage à Reine, tant elle croyait à la victoire, l'imaginait, la voyait toute proche même.

Angèle lui avait montré des tracts de cette Résistance qui travaillait en réseau clandestin à travers le département du Tarn-et-Garonne, et partout en France. Pour préparer la victoire, il fallait rassembler des combattants, les nourrir et les entraîner, leur fournir des armes. Encourager la population à désobéir, à saboter ce qui pouvait l'être, à aider et protéger tous ceux qui avaient à craindre des Boches.

Reine désirait tout autant qu'Angèle la libération de son pays, le retour des prisonniers dans les fermes, et celui de son frère en particulier, le moment pour elle d'apprendre un métier. Elle voulait que s'arrêtent les attentats et les représailles ; elle voulait aider son prochain, et se sentait prête à accepter toutes les missions.

Tout au fond de son cœur, il y avait une autre bonne raison : à la ferme voisine de Lestapis, abandonnée depuis

1939, un garçon alsacien s'était installé en secret, après s'être évadé d'un camp d'internement. Par sa simple présence, ce René Couderc, calme et solide, lui donnait du courage, de la confiance. Il venait souvent prêter main-forte à Reine et à sa mère pour les travaux de force, toujours après le couvre-feu pour ne pas risquer d'être vu et dénoncé. Heureusement qu'il avait été là, l'été précédent, pour les journées épuisantes de récolte des prunes, quand il avait fallu les trier, les mettre sur claies et les passer au four dans la même journée ! Au milieu des rugissements du père qui, dans ces moments de presse, criait encore plus fort son malheur.

Quand René restait partager la soupe à Caussède, c'était un plaisir pour tous les deux, et Reine se permettait de rire. Mais personne ne se serait avisé de parler de ce qu'il faisait à Lestapis, des passages d'inconnus sur le chemin derrière chez eux, ou des lumières qui éclairaient parfois, dans la nuit, le grand champ des Vergnes. Moins on en sait, mieux cela vaut…

Alors Reine, aussi dure à la tâche que sa mère, continuait de bon cœur à travailler, à pédaler, à transporter ce qu'on lui demandait. Le soir, quand elle remontait le faubourg du Moustier pour rentrer à Caussède, en passant devant l'évêché elle jetait toujours un œil attentif sur la charmille bordant le parc. Angèle et elle avaient mis au point un code : si le nichoir aux oiseaux était retourné, c'était que son amie avait besoin d'elle, de ses sacoches de vélo ou des communs de la villa Mirasol.

Un soir un peu étouffant d'août 1942, la maisonnette de bois avait bougé. Reine mit pied à terre et

Angèle, qui la guettait, l'attira rapidement dans un bureau désert.

Elle parlait tout bas, avec une gravité qui ne lui ressemblait pas, de ce qui venait de se passer là-haut, à Paris.

— Des milliers d'israélites, avec des enfants de tous les âges, sont arrêtés. Arrachés à leurs maisons par la police française. Toutes ces familles n'ont rien fait de mal…

Angèle expliqua ensuite :

— L'archevêque de Toulouse a publié une lettre officielle de protestation, et notre évêque voudrait faire de même.

La secrétaire de Mgr Théas venait de taper cette lettre à la machine à écrire. Angèle l'avait ronéotypée en de nombreux exemplaires, puis les avait mis sous enveloppe. Il fallait maintenant les faire parvenir dans toutes les paroisses du diocèse avant la fin de la semaine.

— Pour que les curés la lisent en chaire à la messe du dimanche. Et que tous les catholiques sachent ce qui s'est passé et ce qu'en pense l'Église ! Qu'ils compatissent, protestent, aident, consolent, sauvent…

À cause de la censure, il était impossible d'envoyer ces lettres par la poste.

— On cherche donc des jeunes gens courageux pour les porter à bicyclette dans tout le diocèse, jusqu'à Nègrepelisse, Bressols, Labastide-Saint-Pierre, Castelsarrasin, Pompignan, Larrazet…

Angèle désigna du menton la pile d'enveloppes, déplia une feuille, se mit à lire très doucement :

— Des scènes douloureuses et parfois horribles se déroulent en France… À Paris, par dizaines de milliers, des Juifs ont été traités avec la plus barbare sauvagerie. Et voici que dans nos régions on assiste à un spectacle navrant : des familles sont disloquées ; des hommes et des femmes sont traités comme un vil troupeau et envoyés vers une destination inconnue, avec la perspective des plus graves dangers.

« Je fais entendre la protestation indignée de la conscience chrétienne et je proclame que tous les hommes, aryens ou non aryens, sont frères parce que créés par le même Dieu ; que les hommes, quelles que soient leur race ou leur religion, ont droit au respect des individus et des États.

« Que Dieu console et fortifie ceux qui sont iniquement persécutés ! Qu'il accorde au monde la paix véritable et durable, fondée sur la justice et la charité.

Reine écoutait, gorge serrée. Et elle hocha la tête pour accepter. Comme à chaque fois.

En quelques jours, l'équipe rassemblée par Angèle parcourut des dizaines et des dizaines de kilomètres. La lettre toucha beaucoup de monde, bien au-delà du diocèse. À la sortie de la messe de Grigney, on ne parlait que de cela, devant Reine silencieuse. Il y avait ceux qui considéraient que l'évêque de Montauban n'avait pas à se mêler de politique, mais aussi ceux à qui il avait ouvert les yeux. La lettre eut du retentissement jusqu'en Angleterre, où elle fut lue à la radio de Londres.

Reine, elle, y puisa de nouvelles forces, et la conviction d'être utile. Elle en avait retenu des phrases entières par cœur, qu'elle évoqua un soir avec René. Lui aussi connaissait cette lettre, lui aussi croyait que les chrétiens devaient avoir le courage d'agir, de rendre témoignage de l'Évangile.

Ce soir-là, ils se découvrirent la même indignation, la même intrépidité. Mais ne s'en dirent pas plus : moins on en sait...

En novembre 1942, ce fut l'invasion de la zone libre. Reine s'apprêtait à traverser le pont Vieux du Tarn avec ses sacoches de vélo bourrées quand elle vit défiler cette armée allemande qu'on annonçait depuis plusieurs jours. Les jeunes soldats d'une gaieté bruyante, juchés sur leurs chars, découvraient la ville de briques et d'eau :

— *Schön, sehr schön !*

Ils semblaient tous posséder des appareils photographiques et lançaient aux jeunes filles des exclamations qu'heureusement, elles ne comprenaient pas. Quelle humiliation...

Dès le lendemain, ce n'était plus aux gendarmes français, devenus familiers, qu'elle eut affaire, mais aux Boches, qui contrôlaient les routes d'accès à la ville. Ils faisaient tout ouvrir et réquisitionnaient poliment ce qui leur convenait dans son chargement quotidien. Il lui fallait concéder d'emblée quelques pêches trop mûres – ce n'était plus la saison – mais encore attirantes, en plus d'un sourire, pour pouvoir continuer son chemin avec ses poulets, ses rutabagas, et surtout le reste. Les journées devenaient plus lourdes, plus compliquées et parfois angoissantes. Moins on en dit, mieux c'est...

13

L'œuvre d'art naît du renoncement
de l'intelligence à raisonner le concret.
Albert Camus

Le capitaine Chamassy, mobilisé dès 1939, avait été mis à la disposition du ministre de la Guerre, Édouard Daladier. Et, en raison de ses compétences en langue anglaise, affecté à la préparation du Conseil suprême interallié.

Il avait alors quitté le boulevard Saint-Germain pour s'installer à Londres, en laissant les clés à la concierge. Le cabinet d'assurances de Grenelle tournait au ralenti, car la plupart des employés avaient quitté la capitale, qu'ils soient aux armées ou en fuite. Charles Barrière avait décidément été visionnaire : l'agence anglaise au contraire se développait si vite qu'elle demandait plus de soins, et assurait désormais des revenus plus importants que sa maison mère parisienne.

Henri se félicitait aussi de son pessimisme lucide, qui lui avait permis d'anticiper les événements. Dès avant la déclaration de guerre, il avait pris des dispositions pour sa vie privée. La petite Apolline était à l'abri dans le

Sud-Ouest chez sa grand-mère ; et surtout sous la protection de sa gouvernante. Cabanac était une femme sans âge ni attrait, mais capable de faire face à toutes les situations : ensemble, ils avaient traversé presque dix années sans un mot plus haut que l'autre ! Henri lui avait même donné procuration sur son compte en banque, afin qu'elle puisse, s'il lui arrivait malheur, conduire Apolline jusqu'à sa majorité.

Cela dit, l'année 1940 avait été pour lui une insupportable suite de trahisons.

Henri ne pouvait accepter ni la défaite de la France, ni la collaboration avec l'ennemi. Pas plus que la défection de Cabanac, disparue depuis l'automne 1939.

La bataille de France, le repli désordonné du gouvernement à Bordeaux, la démission de Paul Reynaud, et enfin l'armistice imposée par le maréchal Pétain avaient décidé Henri Chamassy à embarquer sur un cargo néerlandais qui ralliait l'Afrique du Nord, pour résister à l'ennemi.

Mais le navire, touché par un bombardier de la Luftwaffe, avait dû faire machine arrière et revenir vers Southampton. C'est là qu'il avait entendu, non pas l'appel du général de Gaulle à continuer le combat, mais sa rumeur. Le sort décidait pour lui : il avait débarqué pour devenir ainsi l'un des premiers engagés dans la Légion française.

Mais son âge, ses compétences et la « couverture » qu'il possédait à Londres lui avaient valu d'intégrer le BRCA, Bureau central de renseignements et d'action. Ainsi, Henri Chamassy restait le directeur de sa succursale londonienne pendant que, sous le nom d'Hubert Verneuil, il se mettait à l'entière disposition de la France libre pour des missions de liaison, notamment au camp d'entraînement militaire d'Aldershot. Il entretenait en même temps des relations suivies avec le couvent catholique de Saint Mary, dans le Middlesex. La supérieure des Dames Noires de Montauban y écrivait régulièrement pour donner des nouvelles de ses pensionnaires – tout allait pour le mieux – et accusait réception de ses mandats.

C'est au début de 1941 que Mme de Vittez lui avait écrit, avec beaucoup de prudence : « M. Fogard, pourtant toujours très fidèle, ne nous a hélas pas écrit depuis plusieurs mois. Soyez sans crainte, la charité et notre évêque nous font un devoir de pratiquer la vertu de l'hospitalité. »

Henri, qui était bien renseigné sur la situation dans la France occupée, avait compris aussitôt ce que cela signifiait. Il avait fait doubler le mandat trimestriel que la Barclays versait à l'institution Jeanne-d'Arc.

Le capitaine Verneuil était en charge des relations avec les groupes de Résistance de la région de Toulouse. Avec la multiplication des actions de résistance, son activité et ses déplacements clandestins s'étaient intensifiés. Un terrain illicite avait été balisé dans un champ inexploité de la ferme de Lestapis, Tarn-et-Garonne, où des Lysander de la Royal Air Force pouvaient atterrir de nuit. Sur place, un homme, prévenu à l'avance par la radio, se chargeait d'enflammer des bottes de paille pour signaler le terrain. Ces avions étaient bourrés jusqu'à la gueule de matériel radio, de munitions et d'armes, mais pouvaient accueillir aussi un ou deux hommes : le capitaine utilisait régulièrement ce moyen de transport. Il trouvait ensuite dans cette ferme de quoi s'habiller, selon qu'il se déplaçait avec les papiers d'identité d'un agent d'assurances, ou d'un professeur d'histoire au lycée de Toulouse. Dans les deux cas, Hubert Verneuil possédait toutes les compétences pour répondre aux questions qu'on aurait pu lui poser. Ne lui restait qu'à retrouver sa langue, et l'accent méridional de son enfance, pour se fondre dans la population. Il partait à bicyclette rencontrer des « clients » ou des « anciens élèves, du temps où il était instituteur à Montauban », et notait leurs besoins, selon un code connu de lui seul.

C'est ainsi qu'en janvier 1942, apprenant par un télégramme envoyé dans le Middlesex la mort brutale de sa mère, Verneuil avait atterri à Lestapis l'avant-veille de l'enterrement.

Le curé de Grigney, seul à connaître sa véritable identité, lui avait permis d'y assister, en lui prêtant une soutane presque neuve, un peu courte cependant, et un grand béret landais lui descendant bas sur le front, qui lui permettrait de s'introduire dans la cathédrale sans être reconnu. Car il fallait être prudent, avait recommandé Audrerie, les gars de la milice étant de plus en plus actifs.

Il pleuvait des cordes quand Henri avait engagé sa bicyclette le long du Tarn, sur cette route de Montauban qu'il connaissait si bien. Heureusement, car par deux fois, il avait dû prendre la tangente pour éviter un contrôle. La soutane trempée et crottée lui battant les mollets, il s'était présenté au sacristain de la cathédrale, qui avait reçu l'ordre de faire monter l'ecclésiastique à la tribune de l'organiste. Il pouvait faire illusion comme accompagnateur liturgique, chargé de tourner les pages de musique, mais pas pour officier en tant que clerc.

Il lui avait été bien difficile de se recueillir dans cet édifice glacial où il avait déjà enterré son père, et qui lui rappelait tant de mauvais souvenirs. Mais il avait pu apercevoir sa fille, qu'il n'avait pas vue depuis 1939.

La brune et la blonde, ces deux jeunes filles en uniforme placées au premier rang, à côté d'une Dame Noire, avaient tellement changé et grandi qu'il avait eu d'abord du mal à les reconnaître. Durant la cérémonie, il avait décidé qu'il prendrait le risque de les approcher : elles n'étaient plus des enfants et sauraient se taire.

Mais quand, après l'absoute, Henri était descendu de la tribune, muni d'un ostensoir pour justifier sa présence, il avait eu beau chercher, elles avaient déjà quitté les lieux. Il avait suivi le cortège à distance derrière la voiture à cheval, en balançant de l'encens, jusqu'au cimetière détrempé. Plus malheureux et bouleversé qu'il ne l'aurait cru, assailli de regrets, lui qui depuis des années s'appliquait à ne vivre que pour son pays.

Il était rentré se sécher devant la vieille cheminée de Lestapis, où le jeune René Couderc, décidément d'agréable compagnie, lui avait préparé une bonne soupe chaude à l'odeur d'enfance. Audrerie était arrivé plus tard, affairé, avec un paquet de messages et des comptes rendus à examiner. Le curé était un bon connaisseur et un fin observateur de sa paroisse, capable de détecter ceux qui pouvaient les aider et ceux dont il fallait se méfier. Verneuil comptait beaucoup sur lui et la soirée passa vite. Il avait dû encore se terrer un jour et une nuit dans cette ferme inconfortable et glaciale, la peur au ventre, jusqu'au vol suivant. Parfois, le devoir était lourd à assumer.

14

Une œuvre d'art est un coin de la création
vu à travers un tempérament.
Émile Zola

Pour les pensionnaires de Jeanne-d'Arc, l'arrivée des Allemands à Montauban se traduisit d'abord seulement par des bruits nouveaux : matin et soir, le pavé du faubourg du Moustier résonnait du pas cadencé des recrues allemandes qui sortaient de leur casernement en chantant « *Heidi, heido, heida…* ».

Plusieurs fois aussi, la nuit, un grondement effrayant venu du ciel les réveilla. « Des avions », chuchota Dorothée à sa voisine, sur le ton de l'évidence.

Au fil des jours les externes racontèrent aussi ce qui se passait en ville : les grosses voitures noires autour de la cathédrale, les uniformes vert-de-gris, les plus belles maisons réquisitionnées par l'occupant pour loger les officiers. Et leurs habitants obligés de s'entasser dans une ou deux pièces qu'on leur laissait.

Pendant les récréations, certaines vantaient la correction des officiers, tandis que d'autres dénonçaient le pillage des provisions familiales. On finissait toujours par se taire, avec un désagréable et nouveau sentiment d'humiliation.

Et puis la réalité entra brutalement dans les murs de Jeanne-d'Arc.

Un matin, en première heure de cours, les élèves de première, accrochées à leurs énormes dictionnaires comme à des bouées, peinaient sur la traduction du livre II de la *Guerre des Gaules*.

— *Namque omnium rerum quae ad bellum usui erant.*

Mme de Vittez, le regard dur, surgit dans la classe, interrompant net une tirade de leur redoutable professeur de latin-grec.

Avec les gestes lents de l'habitude, toutes les élèves se levèrent.

— Mesdemoiselles Fogard, Dupuis, Manset, suivez-moi…

Apolline ne retint pas une grimace en voyant son amie, assise à côté d'elle, rassembler ses affaires. Elle détestait tout ce qui les séparait. Les autres avaient une famille ; elle, elle avait Dorothée, et réciproquement. Mais Dorothée s'appliquait à ne pas la regarder.

— Dépêchez-vous ! Qu'il ne reste rien sur vos tables.

Dans le couloir, d'autres pensionnaires attendaient, les yeux rivés au sol. Térésa, Denise, Paulette… elle les connaissait toutes. Le petit groupe fila derrière la directrice, toute la classe le suivant des yeux par les fenêtres. Elles franchirent au pas de charge la clôture des religieuses. En soi, c'était déjà un évènement, les lieux étant absolument interdits aux élèves.

Le professeur tenta vaillamment de reprendre le fil de la version latine.

— Apolline, venez au premier rang, à la place d'Ava, avec votre Gaffiot. Monique, s'il vous plaît, relisez la citation en entier et traduisez.

Elle n'avait pas interrogé au hasard. La meilleure élève se mit courageusement à ânonner, au milieu du silence encore sidéré de la classe.

Du bruit, encore, l'interrompit dans son élan. Des piétinements qui n'avaient rien à voir avec le glissement feutré des religieuses. De nouveau la voix forte de Mme de Vittez, qui, cette fois-ci, frappa, trois coups secs avant d'ouvrir la porte.

Elle était encadrée de deux officiers allemands. Jusque-là, jamais aucun occupant n'avait pénétré dans l'institution.

La classe se leva de nouveau, d'un bloc. On entendait une mouche voler.

Apolline, d'un coup d'œil, put vérifier tout ce qui se racontait sur eux: des hommes très grands, aux regards pleins de morgue, bardés de cuir noir et luisant, ceinturons, étuis, bottes...

La directrice prit la parole, en détachant bien ses mots, et ne s'arrêta plus:

— Comme vous le voyez, la maison a beaucoup d'inconvénients. Ici, c'est une des salles de classe. Le plancher et les huisseries sont en mauvais état, avec des infiltrations préoccupantes. Il n'y a pas d'eau courante; nous ne sommes pas reliés au tout-à-l'égout...

Un des deux Allemands finit par l'interrompre.

— Trôp crand...

Ils repartirent dans le même ordre.

À la récréation suivante, les Allemands avaient disparu, tout semblait rentré dans l'ordre. Même si une onde de peur flottait encore dans toutes les prunelles.

Élisabeth rejoignit sa sœur aînée parmi les grandes de propédeutique. Elles avaient pour maîtresse de division une jeune religieuse, Mme Vimal, à peine plus âgée qu'elles, qui partageait beaucoup de confidences avec ses élèves. La cadette revint vers ses amies avec un air d'importance :

— Les Allemands ont visité les bâtiments parce qu'ils voulaient réquisitionner Jeanne-d'Arc. Mme de Vittez les en a dissuadés, en exagérant les inconvénients. Il semble qu'ils aient renoncé.

— Ah, tant mieux, tant mieux !

On respirait. Même celles qui détestaient Jeanne-d'Arc, et d'y être enfermées, se découvraient un attachement inattendu à leur école.

Dorothée, Ava, Térésa, Paulette, Denise et les autres ne réapparurent qu'à l'heure du dîner. Le regard de Dorothée était toujours fuyant, traqué, refusant la conversation. Seule Paulette accepta de raconter :

— On nous a emmenées dans une cave, en passant derrière un tas de bois, et nous avons dit le chapelet en attendant que l'on vienne nous chercher.

— Mesdemoiselles, taisez-vous s'il vous plaît !

Toutes eurent du mal à trouver le sommeil ce soir-là. Le dortoir était traversé de froissements de draps, de chuchotements, de soupirs. Tard dans la nuit, Apolline entendit pleurer son amie. Cela arrivait souvent, et cela la faisait souffrir d'être exclue de ces larmes.

15

L'art ne réclame ni complaisance ni politesse,
rien que la foi et la liberté.
Gustave Flaubert

Le dimanche suivant, en sortant de Jeanne-d'Arc, elles virent tout de suite la grille de la villa Mirasol grande ouverte, toutes les persiennes de façade rabattues, ce qui n'arrivait plus depuis longtemps, et deux tractions avant noires garées dans l'allée. La vieille charrette à bras de Déodat repoussée dans la haie, toute disloquée. Juste en face d'elles, la glycine qui obstruait la petite porte inutilisée avait été sévèrement taillée. Un jeune soldat montait la garde devant.

Elles avaient compris en même temps. Depuis le début de l'Occupation, leurs camarades de classe ne parlaient que de cela : les plus belles maisons de la ville réquisitionnées par l'occupant. Chaque semaine de nouvelles troupes, de nouveaux services s'installaient dans la ville, qui nécessitaient de nouvelles réquisitions. La grande villa Mirasol, réputée inhabitée depuis le décès de sa propriétaire, ne pouvait qu'attirer la convoitise. Personne n'avait eu l'idée d'en prévenir les filles ;

ou bien les Dames de Saint-Maur avaient-elles décidé de protéger leurs petites pensionnaires de la mauvaise nouvelle. Sans imaginer qu'elles continuaient, avec la complicité de Reine, de revenir dans la maison.

Par réflexe, ou pour se donner le temps de réaliser, elles ne s'arrêtèrent pas plus d'une seconde sur le faubourg et continuèrent par leur chemin personnel, jusqu'au Tescou. Là, elles reprirent leur souffle et leurs esprits. D'un côté, l'eau s'écoulait, imperturbable, entre les berges peuplées d'oiseaux, dans la profusion verte du printemps. De l'autre, les laurières étaient traversées de voix et de silhouettes vert-de-gris. Des hommes transportaient des caisses dans les communs, en s'interpellant.

Apolline, en quelques minutes, se trouva prise d'une colère irrépressible, inconnue : c'était leur refuge, leur enfance, qui étaient ainsi violés. Jusque-là, elle avait regardé la guerre en spectatrice, subissant à la fois des inconvénients et des avantages secondaires dans sa propre vie. Cette fois-ci, cela devenait une affaire personnelle. Son regard et toutes ses forces se tournaient vers la maison. Prête à tout pour la reconquérir.

Dorothée paraissait moins surprise. Mais raide, tendue, ses pupilles rétrécies, presque noires. Elle ressentit plus qu'elle ne vit le mouvement en avant de son amie. Et l'arrêta aussitôt, d'une main glacée :

— Viens, on s'en va d'ici, c'est trop dangereux ! Viens, viens..., suppliait-elle.

Demi-tour. Apolline suivit, des paquets de larmes lui brouillant la vue.

À peine étaient-elles revenues sur le faubourg du Moustier que Josépha, épouvantée, les intercepta.

— Mais enfin, mesdemoiselles, rentrez immédiatement ! Vous n'avez pas votre exeat, que je sache...

Cela faisait bien longtemps, dans les désordres de la guerre, que les élèves des grandes classes s'étaient affranchies de ce point du règlement.

Mais Josépha savait, comme toute la ville, que la villa Mirasol était occupée depuis plusieurs jours par la Gestapo et connaissait parfaitement la sinistre réputation de la police secrète. Ce n'était pas une fréquentation pour des jeunes filles bien élevées !

De nouvelles habitudes étaient déjà prises : les volets du bâtiment sur le faubourg, où logeaient les militaires blessés, restaient fermés, et les externes avaient ordre de changer de trottoir, pour ne pas passer devant les plantons allemands.

Dorothée pressant Apolline, elles obtempérèrent et repassèrent la porte dans l'autre sens. Bras ballants à travers les cours de récréation vides de Jeanne-d'Arc, elles errèrent un bon moment sans savoir que faire d'elles-mêmes : on leur avait enlevé leur carapace, leur cocon, leur point de repère, et elles ne savaient pas vivre un dimanche sans. C'était pourtant toujours le printemps, le parfum des lilas s'insinuait partout, elles s'en étonnaient, prises dans leur chaos intérieur. À chaque minute leur revenait en mémoire un objet indispensable resté à la villa Mirasol : pour Apolline, un livre de Jules Vallès qui avait appartenu à son père et qu'elle venait de commencer, comme si cela pouvait la rapprocher de lui. Pour Dorothée, un cahier de français, avec une dissertation commencée, à rendre le mardi suivant. Et un chandail qu'elles étaient en train de tricoter à quatre mains, sans avoir déterminé qui le porterait la première l'hiver suivant. Il y avait aussi une réserve de pots de confiture de figues, à grains craquant sous la dent, qu'elles dévoraient à pleines cuillères le dimanche. Pas question de les abandonner aux Boches. Mentalement, chacune allongeait sa liste de tout ce qui lui manquerait, sachant bien que c'était surtout de leur intimité qu'elles étaient privées.

La cloche sonna pour annoncer le déjeuner, il fallut bien rentrer dans le rang. La tristesse d'un dimanche dans les bâtiments désertés, toute cette laideur austère qu'elles supportaient durant la semaine, leur noua le ventre dès l'entrée au réfectoire. Elles n'en avaient pas encore fait vraiment l'expérience, à force de passer depuis des années entre les mailles du règlement ; mais la peur les tenaillait déjà à l'idée de devoir supporter cela.

L'après-midi, les religieuses servaient un goûter aux enfants du quartier. Un goûter de guerre, de la bonne soupe chaude, la seule de la journée pour certains, en ces temps de restrictions. Les grandes élèves avaient la responsabilité des tables de cantine, et elles n'y échappèrent pas. Les gamins se serraient sur les bancs, cherchaient à attirer l'attention des jolies demoiselles, se chamaillaient et renversaient les pichets. Tous, même les plus petits, tiraient de leur sac un bouteillon de vin, qu'ils versaient dans leur bol avant d'avaler la soupe.

— Le gros rouge ne manque pas, les Allemands n'aiment que les grands crus ! ricana un petit gavroche, répétant avec extase la plaisanterie qui faisait rire tout le monde. Elles y compris.

Le choc était passé. En nettoyant vigoureusement les tables, elles retrouvèrent l'usage de la parole. La colère d'Apolline se muait en énergie. Elle, la peureuse, la passive, n'acceptait pas d'être expropriée de sa vie. Elle revint à la charge :

— Écoute, on a tout le temps avant les vêpres : allons au moins chercher nos affaires, nous avons tout de même le droit de reprendre ce qui nous appartient ?

Dorothée secoua la tête, catégorique :

— C'est beaucoup trop dangereux.

Mais Apolline en faisait une affaire vitale.

Boudeuse, malheureuse, elle termina l'après-midi sur cette idée fixe. Et lâcha :

— Moi, de toute façon, j'y vais ! Si tu ne veux pas, tant pis…

Les derniers gamins, saluant joyeusement, repassèrent par grappes la porterie. Josépha était bien trop occupée à tenter de les canaliser pour tout voir. Apolline se mêla à eux, filant comme elle savait si bien faire.

Une fois les enfants égaillés, elle se retrouva seule sur le trottoir, face à la villa Mirasol, dans un faubourg devenu hostile, avec toutes ses façades aux volets soigneusement clos, ordre des Boches. Dans cette tiède soirée parfumée d'amandiers, le silence de la rue était tout à fait étrange.

Dégrisée, elle attendit un moment.

Comme elle l'espérait tant, Dorothée la rejoignit. Pour la tirer fermement par la main, comme un petit enfant.

— Je t'assure, il faut rentrer !

Cela rassura infiniment Apolline de mesurer ainsi la fidélité de son amie. Une bouffée d'affection la traversa, qui décupla aussi son énergie.

Elle se dégagea pour traverser, avançant droit vers la grille, remarqua des camélias écrasés dans une bordure, y trouva une nouvelle raison de s'offusquer.

Deux plantons s'ennuyaient en gardant le portail. Ils l'avaient vu s'approcher et firent aussitôt barrage. Elle buta sur eux avant d'avoir pu décider quelque chose.

Se retourna vers Dorothée de l'autre côté. Son joli visage était gris, elle faillit renoncer. Mais elle se trouvait courageuse dans sa posture et prit son souffle pour faire la demande.

— Je suis la petite-fille de la propriétaire et je voudrais…

Le jeune planton lui fit signe de se taire, sans brutalité.

Dorothée traversa le faubourg, pour ne pas laisser son amie seule.

— *Warten !*

Il héla quelqu'un à travers la fenêtre ouverte du bureau, sur la façade.

Ils avaient donc envahi même le sacro-saint bureau !

Un troisième soldat en sortit, qui parlait le français, et répéta deux fois :

— Que foulez-fous ?

Sur un ton de demoiselle agacée, Apolline expliqua que leurs affaires se trouvaient au second étage de la maison. Et fit mine d'avancer.

On l'arrêta sans ménagement avant le perron.

L'entrée, grande ouverte, lui parut déjà changée, étrangère, avec des caisses de bois empilées le long du mur. Et surtout, surtout, par l'entrebâillement de la porte du bureau, Apolline aperçut un désordre sacrilège : tous les objets, l'horloge de bronze, les potiches chinoises, l'encrier avec ses plumes, étaient entassés dans un coin. Et le grand bureau déplacé, chargé de plusieurs machines à écrire.

Toutes deux regardaient ces hommes qui avaient déjà recouvert le décor immuable de leurs présences, de leurs statures trop hautes pour les lieux, de leurs interjections trop fortes. Des clous sauvagement plantés sur les persiennes maintenaient des écriteaux. Dans une caisse, sur le côté du perron, elles reconnurent, entassées cul par-dessus tête, les statuettes de la vitrine, mélangées avec des bocaux vides et gras.

Le traducteur leur apporta papier et crayon. Du papier blanc comme elles n'en avaient pas vu depuis longtemps.

— La liste de ce que fous foulez.

Apolline regimba encore. C'était tellement plus simple de monter directement chercher leurs affaires. Et surtout, elle ne voulait pas que ces hommes rentrent dans leur chambre.

Mais elles étaient habituées à obéir. En filles bien élevées, elles prirent le temps de noter avec soin et précision : au deuxième étage, porte en face de l'escalier, le tricot posé sur la table, un livre à gauche de l'étagère, un cahier rouge dans le premier tiroir du bureau...

Elles n'avaient pas fini leur liste qu'un autre homme apparut en portant une valise de carton qu'il jeta devant elles, en leur faisant signe de filer avec.

— *Raus*…

Pas de temps à perdre.

Apolline, choquée du procédé, ouvrit la valise, dont une serrure avait sauté sous le choc, pour vérifier : tout ce qu'il avait trouvé dans leur chambre était fourré dedans en vrac, sans aucun soin, comme les bibelots du bureau. Vêtements, livres, un pot de confiture entamé et dégoulinant, le coffret de Dorothée, le tricot commencé, avec des mailles lâchées, et une seule aiguille.

— *Raus !* répéta calmement le soldat.

— Mais il manque une des deux aiguilles à tricoter !

— *Raus !!!*

L'occupant du bureau arriva là-dessus, prêt à intervenir.

Apolline se tenait droite face aux deux soldats, la valise entre eux. Dorothée en arrière, essayant encore de la tirer vers elle.

Il plongea dedans une énorme main poilue, tomba sur le coffret aux trésors de Dorothée, le renversa en le secouant. La petite lampe, plus lourde que le reste, résonna en tombant sur la pierre, avec un son cristallin.

La paluche s'abattit dessus, retourna l'objet dans sa paume.

— Che carde…

Apolline n'osait pas regarder Dorothée.

Elle qui tenait tant à ses souvenirs !

Mais Dorothée ne s'interposa pas, ne réclama rien. Au contraire, de toutes ses forces elle entraîna Apolline en arrière. Qui cette fois-ci céda.

Toutes deux repassèrent la grille, les jambes en coton, en traînant la valise mal fermée.

C'est seulement le lendemain matin que cinq Allemands se présentèrent à la porterie.

Les deux amies s'étaient couchées sans se parler et Apolline avait entendu Dorothée pleurer, sans oser s'excuser auprès d'elle.

La petite Josépha ne réussit pas à s'interposer face aux Boches qui demandaient la directrice. Et même celle-ci ne put faire autre chose qu'obéir et les accompagner dans la classe des premières.

— Dorothea Fogarscy !

En se levant aussitôt à ce nom inconnu, comme si elle attendait ce moment, Dorothée signait son acceptation. Elle rassembla très soigneusement ses affaires et les posa devant Apolline, sur la table voisine. Son regard transparent s'arrêta un moment sur elle, indéfinissable. Puis elle suivit les deux hommes.

Longtemps, Apolline se demanderait ce qu'elle avait vu dans ces yeux gris. De la résignation, de la peur aussi, et de l'amitié. Des reproches ? C'était elle, Apolline, sa meilleure amie, sa cousine, son double, qui l'avait attirée dans ce piège.

16

Ce qui importe par-dessus tout dans une œuvre d'art, c'est la profondeur vitale de laquelle elle a pu jaillir.
James Joyce

À cause de la chaleur qui montait tôt dans la journée, Reine et sa mère se mettaient au ramassage des prunes dès le lever du jour. À peine avaient-elles ranimé le four pour enfourner les claies de pruneaux qu'elles virent l'abbé Audrerie surgir dans la cour, à l'improviste.

Ce n'était pas ses heures habituelles, et quand Reine vint à sa rencontre, il ne parla même pas d'une visite au père.

— Si tu pouvais aller à la porterie de Saint-Théodard... Tout de suite, sans rentrer en ville...

C'était la première fois qu'elle recevait des instructions aussi directes de lui. Depuis longtemps elle se doutait qu'il était parfaitement renseigné sur ce qui se passait à l'évêché de Montauban, mais aussi à Lestapis, ou chez les Lafons, et sur ses propres allées et venues. Mais moins on en dit...

Sur le coup, la première idée qui la traversa fut qu'il était arrivé quelque chose à Angèle. Elle obtempéra aussitôt, laissant l'abbé prévenir sa mère et peut-être lui trouver de l'aide pour la remplacer.

Elle pédala sans s'arrêter, en prenant le raccourci caillouteux du Bosc pour aller plus vite. Avant d'arriver en ville, elle s'arrêta un instant à la petite plage du Tarn pour laver ses mains toutes poisseuses de prunes, enleva son tablier taché, le roula en boule dans une de ses sacoches. Elle ne pouvait rien pour ses espadrilles trouées.

Le vieux portier – toujours le même – l'emmena, poussant son vélo, dans la grande cour du collège.

Jamais elle n'avait imaginé y entrer un jour – un collège, ce n'était pas pour elle, seulement pour les jeunes bourgeois – et cela l'inquiéta encore plus. Au fond, un bâtiment de brique, une porte basse qui s'ouvrit devant Angèle. Soulagée, Reine se précipita pour l'embrasser.

Mais Angèle paraissait tendue.

— Viens, Mgr Théas voudrait te parler.

Reine s'arrêta net, terriblement intimidée.

Bien sûr, elle savait qu'Angèle travaillait pour le prélat, et connaissait par cœur sa lettre de protestation qu'elle avait contribué à diffuser. Mais elle ne l'avait jamais vu que de loin, entouré de son clergé, avec la croix, la mitre, la crosse…

L'évêque ne portait rien de tout cela. Il n'était pas très grand, assis derrière une table, guère impressionnant avec ses petites lunettes rondes.

Elle esquissa une petite génuflexion en regardant ses espadrilles éculées. Il prit aussitôt la parole.

— Merci d'être venue ! Vous connaissez cette jeune fille, Dorothée Fogard, qui a habité dans la maison où vous travaillez ?

— Bien sûr.

— Vous sauriez la reconnaître dans un groupe ?

— Oh oui ! Des blondes comme elle, il n'y en a pas beaucoup !

Il expliqua sobrement la situation. À l'institut Jeanne-d'Arc, comme dans d'autres écoles et couvents de la ville, des enfants étaient inscrits sous de faux noms, avec de faux certificats de baptême établis par l'évêché, et signés par lui.

— C'est le cas de cette petite qui a été arrêtée hier soir, à l'intérieur même de Jeanne-d'Arc. Sous son véritable nom, qu'ils connaissaient. Ils ont dit à la directrice qu'ils avaient aussi les preuves de son identité, et une petite lampe de shabbat qui lui appartenait.

La tête tournait à Reine. Trop d'informations de tous ordres pour elle qui voulait toujours en savoir le moins possible.

Mgr Théas reprit, comme si tout cela lui était familier.

— C'est très inquiétant. Pour elle d'abord, bien sûr, mais aussi pour les autres enfants. Et pour les établissements religieux, écoles, séminaires, couvents et orphelinats qui les cachent. Ainsi que pour toutes les personnes qui s'en occupent. Nous tous.

Angèle ne s'était pas assise. Elle prit la parole, d'une voix un peu sifflante, angoissée et angoissante.

— Cette semaine, une centaine de Juifs, dont des enfants, ont été arrêtés à Montauban. On suppose qu'ils seront conduits au camp de Septfonds. De là, des trains les emmènent vers le nord.

Elle reprit son souffle.

— Crois-tu que tu pourrais aller à Septfonds, tout de suite, pour voir la petite ? Elle aurait confiance en te reconnaissant… Ensuite, on cherchera un moyen de la sortir de là. Nous avons deux hommes sur place qui peuvent t'aider.

En les regardant, Reine pensa de nouveau à cette phrase : « Des familles sont disloquées ; des hommes et des femmes traités comme un vil troupeau et envoyés vers une destination inconnue, avec la perspective des plus graves dangers… »

Cette petite Dorothée était la gentillesse même, remerciait pour la moindre chose, souriait tout le temps. Et elle avait promis de s'occuper des filles autant qu'elle le pourrait.

Cela s'était passé quelque mois auparavant, à Caussède. Le fils de Mme Chamassy, que les Montech ne connaissaient pas, était apparu par surprise dans la cour de la ferme, emmené par l'abbé Audrerie. Un monsieur impressionnant, et guère causant. Cela avait duré moins de dix minutes, sans effusions : non, il n'avait pas l'intention de vendre les deux fermes familiales qui restaient. Oui, il continuerait à payer Reine pour l'entretien de la villa Mirasol, mais surtout pour prendre soin des deux pensionnaires. L'économe de l'institution Jeanne-d'Arc était prévenue, Reine n'aurait qu'à aller chercher son enveloppe à la fin de chaque mois, comme les autres employés de l'institution.

Reine dit oui, une fois de plus.

Elle partit aussitôt, munie de quelques explications pour trouver la gare de Caussade, à dix-huit kilomètres de là. Deux hommes l'attendraient pour l'emmener à Septfonds. Avec un mot de passe pour les identifier : Louise.

Mais elle dut s'arrêter plusieurs fois pour regonfler son pneu arrière, à cause d'un trou dans la chambre à air. Le mauvais chemin du Bosc... et perdit encore du temps au carrefour de la grand-route, barré par les Boches. Ils contrôlaient tout le monde. La bouche sèche, elle passa, après avoir ouvert ses sacoches vides.

À Caussade, la gare était déserte. Elle dut se présenter au guichet :

— Je cherche Louise.

Le guichetier héla deux hommes qui travaillaient sur la voie et la rejoignirent presque en courant.

En guise d'excuses, Reine leur montra sa roue dégonflée.

Le plus jeune des deux alla tirer des rustines d'une pochette accrochée à la selle de sa propre bicyclette, devant la gare, et commença aussitôt à réparer la roue tout en expliquant à voix basse :

— Ils sont déjà passés, une trentaine de personnes, avec beaucoup d'enfants. Deux camions découverts qui ont pris la direction de Septfonds. C'est un ancien camp de prisonniers, devenu depuis plusieurs mois un centre pour « individus dangereux ». Pour la plupart, ce sont des israélites en état d'arrestation.

Tous trois se mirent enfin en route, roue dans la roue. Le soleil était au zénith, Reine avait soif, et faim aussi.

Le camp se trouvait juste à un kilomètre. Ils s'approchèrent le plus possible de l'enceinte des baraquements. On ne voyait rien mais on entendait bien, derrière les murs, la rumeur d'un groupe d'enfants.

Le plus vieux de ses deux compagnons savait où aller : il bifurqua et mit pied à terre devant un profond bas-côté où ils couchèrent leurs vélos, et s'installèrent aussi. Reine était épuisée, autant par la course que par la faim. Le garçon lui offrit sa gourde, et sortit une grosse tourte de son sac à dos.

Malgré la faim, cela donna une idée à Reine.

Le pain bien en évidence dans les mains, elle reprit la route à pied, et se présenta à l'entrée du camp, devant une guérite gardée par des militaires français. Transie de peur, évidemment, mais elle savait maintenant d'expérience que cela ne se voyait pas.

Au gendarme de garde, elle expliqua qu'il y avait là une enfant non accompagnée dont elle était responsable, à qui elle apportait à manger. L'homme réclama ses papiers d'identité, se gratta la tête, recopia lentement son nom, puis celui de Dorothée Fogard, en répétant :

— Mais qu'est-ce qu'elle fait là toute seule, cette petite ?

— Je me demande bien, répondit Reine. Peut-être qu'elle a fait la maligne pendant que j'avais le dos tourné.

La discussion provoquant un peu d'agitation, des gens de l'intérieur s'approchèrent. Et Reine l'aperçut !

Dorothée, toute blonde au milieu des autres, dans son uniforme bleu marine. Si jolie, lumineuse. Elle aussi reconnut Reine, lui adressa aussitôt un grand sourire, un signe joyeux de la main. Ce qui convainquit un peu plus le gendarme.

Reine leva le pain très haut par-dessus sa tête, pour qu'elle comprenne bien que c'était pour elle.

Il y avait tellement de reconnaissance dans les yeux clairs de la petite ! Reine sut aussitôt qu'elle se rappellerait toute sa vie ce regard, quoi qu'il arrive.

Tout cela avait duré à peine quelques secondes. Le gendarme prit le pain, en faisant signe à Reine d'attendre.

— Restez dehors, je vais voir ce que je peux faire.

Reine recula, en restant bien visible par le portail, pour que Dorothée comprenne qu'elle ne l'abandonnait pas.

Elle vit le gendarme lui donner son pain, parler avec elle, et l'emmener vers la guérite d'entrée, la plantant là, en lui faisant signe d'attendre devant. Puis il referma la porte derrière lui.

Toutes les deux s'observaient de loin, remplies d'espoir. Fallait-il, ou non, se rapprocher ? Fallait-il, ou non, lui faire signe de filer ? Le gendarme ne réapparaissait toujours pas. Reine savait qu'elle jouait gros, et hésitait.

Puis il y eut un grondement sur la route, derrière elle. Une file de camions apparut, dépassa ses compagnons cachés dans le bas-côté. Les véhicules vinrent se garer en épi, l'un après l'autre, devant le camp, sans couper les moteurs.

Des Boches sautèrent à terre, se précipitant à l'intérieur pour donner des ordres aux prisonniers. Au milieu des cris, tout le monde se mit plus ou moins en rang.

Reine était toujours en vigie à la lisière de la route, attendant que le gendarme lui renvoie la petite.

Mais à un moment Dorothée fut poussée dans le flot qui sortait du camp au pas de charge. Reine crut qu'elle y avait disparu, avalée dans la panique ambiante.

Au moment de grimper dans un camion, la jeune fille se détacha de nouveau du groupe, et se mit à courir dans la direction de Reine.

Elle souriait, tendait les bras en avant, avançait sans hésiter dans l'étendue de la route vide. Ses yeux brillaient.

Cinq ou six foulées, pas plus. Un coup de feu retentit.

Elle tourna sur elle-même. Comme une torche qui flambe elle s'effondra, avec ses cheveux mousseux autour d'elle.

Il y eut encore plusieurs détonations dans le silence qui s'était abattu parmi les prisonniers.

Reine regardait toujours, tétanisée, le corps de chiffon étendu à quelques mètres devant elle, et le pain projeté un peu plus loin.

Elle se sentit tirée en arrière. Le plus jeune des hommes avait rampé jusqu'à elle pour la faire revenir. Tous deux l'enfoncèrent dans le fossé, la tête dans l'herbe, de la boue jusque dans la bouche, un câble de frein lui entaillant la joue.

Ce qui lui sauva la vie.

Les camions repartirent, envoyant des trépidations, des cailloux et des vapeurs dans le bas-côté.

Et le silence recouvra tout.

Le pépiement des oiseaux ne reprit qu'un peu plus tard. Combien de temps ? Elle n'en savait rien. Le soleil descendait déjà à l'horizon quand ils entendirent des voix.

C'étaient des gens du village voisin qui avaient entendu la fusillade et venaient prudemment aux nouvelles.

Un homme assura :

— C'est la première balle qui l'a tuée, elle n'a pas eu le temps de voir ce qui lui arrivait.

Ils semblaient avoir l'habitude. Ils déployèrent lentement un drap blanc, enveloppèrent le corps, et l'emportèrent.

Reine, repliée en boule dans le fossé, ne voulait pas regarder.

— Jamais encore ils n'avaient tiré sur une enfant...

Une femme apparut tout d'un coup au-dessus d'elle, sur le bord du fossé, apportant une bouteille d'alcool de prune et un verre. Elle fit boire la jeune fille.

— Pour vous remettre... On va l'enterrer au cimetière du village, expliqua-t-elle. Vous connaissez les initiales de son nom, pour écrire sur la tombe ?

— DF...

Ses compagnons l'obligèrent ensuite à remonter à vélo pour revenir à la gare de Caussade. Ils devaient la mettre dans un train pour Toulouse, c'était prévu ainsi.

— De toute façon tu ne peux pas rentrer chez toi, ils ont ton nom !

— Mais, mais... demain matin, j'ai un transport à faire, et je vais travailler à la villa Mirasol.

— Ma pauvre, il ne faut surtout pas y retourner ! Les Boches l'ont réquisitionnée pour y mettre leur Gestapo. Tu te rappelleras, descendre à Matabiau. Quelqu'un viendra te chercher. Louise, tu lui diras. Allez, ça va aller...

Le plus vieux lui tapota gentiment l'épaule et la poussa vers un wagon.

Pendant toute l'heure que dura le trajet, réfugiée dans un coin de compartiment, elle se répétait sans cesse, comme un poison qu'elle s'instillait à elle-même : « C'est de ma faute. Si je ne m'étais pas montrée, la petite ne serait pas venue vers moi, elle ne serait pas morte. »

Jamais elle n'aurait imaginé ainsi son premier voyage à Toulouse, où elle rêvait tant d'apprendre la dactylographie…

Nul besoin de mot de passe. C'était René Couderc qui l'attendait à la gare. Il avait participé à l'organisation de l'affaire et croyait encore réceptionner ensemble Reine et la petite de Montauban.

La jeune fille, muette, le regardait sans rien dire. Il ne posa aucune question, la prit par la main et l'emmena dans le grenier d'un immeuble des bords de la Garonne qui servait de cache à la Résistance. Elle y passa, prostrée, plusieurs semaines.

C'est là aussi qu'ils s'embrassèrent pour la première fois.

17

L'art est la seule force qui arrête le temps.
Pierre Bonnard

Après l'invasion de la zone libre, Hubert Verneuil revint encore deux fois à Lestapis, à la fin de 1943 et en février 1944. Tenant dorénavant ses réunions sur place, dans la cuisine de la ferme. Même si la défaite des nazis était désormais probable, il devenait de plus en plus difficile de circuler dans la région. Les Boches étaient partout, jusque dans la campagne, et très nerveux. Car les sabotages se multipliaient : les trains du Tarn-et-Garonne tombaient décidément plus souvent en panne qu'ailleurs et ralentissaient le trafic des convois vers le nord. Plus fréquents aussi les accrochages avec le maquis, qui entraînaient des représailles sur la population. Et parfois des exécutions sommaires. On entendait des rafales de mitraillettes, et on apprenait ensuite le nom de ceux qui étaient tombés.

— Maintenant, nous sommes sûrs de la victoire, répéta Hubert à René qui l'accueillait en lui racontant cela.

Pour lui donner du courage, et parce ce que c'était vrai.

Après le débarquement de Normandie, des unités allemandes remontant à travers le département vers la côte atlantique pour aller renforcer leurs défenses, il devint trop dangereux d'utiliser le terrain de Lestapis. Le capitaine Verneuil effectua une dernière mission en rejoignant Toulouse par l'Espagne, chargé par le Gouvernement provisoire de la République française d'échanger des informations avec les autorités religieuses du Sud-Ouest, en vue de préparer l'après-guerre.

C'est là qu'il reçut l'ordre de rejoindre Paris et de se mettre sous l'autorité du général Chaban-Delmas.

— Tu vois, cela ressemble à la bataille finale…, confia-t-il à Couderc, désormais basé à Toulouse et qui demeurait son contact.

Celui-ci lui avait apporté une grappe de raisin muscat cueillie la veille à Caussède, parfaitement à maturité.

— Merci ! Rien ne pouvait me faire plus plaisir…

Couderc ne connaissait pas le véritable nom du capitaine Verneuil, ni ses liens avec Caussède.

Chamassy se mit en route, sous l'identité d'un agent d'assurances obligé de se rendre pour affaires au cabinet de Grenelle, Paris VIIe. Il traversa toute la France occupée par des trains incertains, au milieu d'une population épuisée et inquiète. Après Orléans, il n'y avait plus aucun moyen de transport pour la capitale. Il finit le voyage à bicyclette et mit trois jours de plus pour se présenter au PC de Montparnasse.

Durant les violents combats du mois d'août, il servit de nouveau comme agent de liaison entre les forces de la Résistance, pour la coordination des unités entre elles. C'est alors qu'il traversait la place Denfert-Rochereau, pour aller rendre compte des mouvements de troupes en banlieue, qu'une balle perdue lui traversa le mollet. Blessé sans combattre, aux derniers jours de la guerre...

Il attendait encore d'être soigné dans une infirmerie de fortune, installée sous une bouche de métro, quand résonnèrent au-dessus de sa tête les roulements des chars de la 2e DB entrant dans Paris. Et il était toujours là, tard dans la soirée, avec un simple garrot pour arrêter le saignement, quand les policiers parisiens firent sonner le bourdon de Notre-Dame. Sa ville était libérée !

Deux journées encore de douleur, sans qu'il puisse bouger de son brancard, et la capitulation des Allemands était annoncée, signée par le général de Gaulle qui venait d'arriver à la gare Montparnasse.

Redevenu Henri Chamassy, il n'avait plus qu'à rentrer chez lui, en boitant bas, avec pour seuls objectifs se laver et dormir.

Cela faisait près de cinq ans qu'il n'avait pas mis les pieds boulevard Saint-Germain. Selon ses instructions de 1940, les clés de l'appartement devaient l'attendre chez la concierge.

Mais il n'y avait plus de concierge depuis longtemps, lui expliqua l'inconnu qui occupait la loge. Aussi euphorique que tous les Parisiens, il s'offrit à trouver un serrurier au libérateur blessé.

En effet, contrairement à plusieurs autres appartements de l'immeuble, le second étage n'avait pas été forcé, ni par l'occupant ni par des pilleurs. Henri comprit vite pourquoi : Mlle Cabanac y avait vécu une bonne partie de la guerre, jusqu'à tout récemment. En attestaient des factures à son nom, des journaux datés du mois de juillet, des provisions encore comestibles, les parquets cirés de frais et l'argenterie brillante. Elle avait également retiré de la banque toutes les sommes pour lesquelles il lui avait donné procuration, avant de disparaître.

Ce n'est que lorsqu'il fut officiellement démobilisé et retrouva un peu l'usage de sa jambe qu'il téléphona à l'institution Jeanne-d'Arc pour demander que sa fille lui soit renvoyée.

18

Pour réaliser le beau, le peintre emploie la gamme des couleurs, le musicien celle des sons, le cuisinier celle des saveurs. Il est très remarquable qu'il existe sept couleurs, sept sons, sept saveurs.

Lucien Tendret *(La table au pays de Brillat-Savarin)*

Entrée sans le vouloir dans la clandestinité à vingt ans, Reine ne pouvait ni revenir à Caussède – deux fois de suite, des miliciens étaient venus l'y chercher avec des menaces à peine voilées envers son père impotent et sa mère en larmes – ni travailler à Montauban : le chef de la Gestapo du département, réputé féroce, officiait à la villa Mirasol et avait fait jeter au Tescou tout ce qui encombrait les communs.

Dans le grenier étouffant de Toulouse, des cauchemars la poursuivaient : chaque nuit ou presque, elle se réveillait en hurlant à l'intention de la petite Dorothée : « Ne bouge pas, surtout ! » Comme si elle pouvait encore changer le cours des choses.

Son seul réconfort venait des visites régulières de René. L'amour s'était imposé entre eux, un amour qui n'avait pas le temps d'attendre alors que tout était si dangereux, si angoissant. Ils devinrent amants avec la foi et le sérieux qu'ils mettaient dans toute chose.

— Impossible de t'accueillir à Lestapis, constatait René, dépité. On te reconnaîtrait tout de suite...

Au mois de septembre 1942, le maquis se chargea donc de trouver à Reine une nouvelle bicyclette, un emploi auprès des religieuses d'Auvillar et organisa son voyage jusqu'à une petite maison d'un hameau isolé où personne ne lui poserait de questions.

Elle qui n'avait jamais rien voulu savoir, « moins on en dit, mieux ça vaut... », découvrait avec reconnaissance comment tout un réseau souterrain de solidarités, de complicité et d'action se mettait en branle pour elle. Il y avait ceux qu'elle connaissait depuis toujours, comme Angèle ou l'abbé Audrerie, ceux qui venaient d'ailleurs et qui se donnaient autant de mal pour l'aider, ceux qui croyaient au ciel et ceux qui n'y croyaient pas. Et tous ceux qui, simplement, ouvraient leur porte ou lui tendaient la main.

— C'est bien normal ! lui répondit la vieille grand-mère qui l'attendait sous les fortifications du village, longtemps après le couvre-feu, pour l'amener jusqu'à son nouveau logis.

Reine s'installa, seule pour la première fois, dans une nouvelle vie et un nouveau travail : il lui était demandé de prendre en charge durant la journée les enfants de familles réfugiées autour du couvent d'Auvillar pendant que leurs parents essayaient de gagner leur nourriture dans les vergers fruitiers.

C'étaient des gens modestes, polonais, belges, autrichiens, que les ressacs de la guerre avaient amenés là, à travers des difficultés immenses, et qui n'avaient trouvé pour se loger que des granges sans confort. Elle les comprenait de tout son cœur, elle qui avait perdu sa maison et sa famille, même si elles étaient toutes proches. René ne venait que rarement la voir, et toujours en courant. Il était de plus en plus occupé à Toulouse pour des missions dont elle ne savait rien et consacrait son temps libre à aider la mère Montech à la ferme. Même s'il lui manquait, elle lui en était extrêmement reconnaissante.

Reine se donna de tout son cœur à cette tâche qui lui plaisait. Dans le grand couvent des religieuses rempli d'enfants, elle retrouvait les recettes de sa mère pour leur offrir de vrais repas, même sans sucre, sans beurre, sans viande, s'appliquait à leur apprendre tout ce qu'elle savait et s'amusait parfois autant qu'eux à la balle aux prisonniers. Mais surtout, surtout, elle passait beaucoup de temps à consoler, à rassurer, prenant dans ses bras les petits, berçant ceux qui avaient trop d'horreurs dans les yeux. Deux petites filles de quatre et sept ans, Jeanne et Thérèse – ce n'était certainement pas leurs vrais prénoms –, s'accrochaient particulièrement à son tablier. Leurs parents avaient été arrêtés dans les champs, en plein jour, pendant qu'elles étaient chez les religieuses. Celles-ci gardaient depuis les petites à demeure faute d'autre solution.

Elle se jeta aussi de toutes ses forces dans la résistance à l'occupant, à côté de ceux qui l'avaient accueillie. Sans même savoir ce qu'elle avait fait et vécu, on la considérait comme expérimentée, et les Boches se méfiaient moins d'une jeune fille affairée, en tablier et espadrilles.

Reine recommença donc à pédaler pour transporter des provisions, des messages, des paquets, servant de contact pour un groupe de jeunes réfractaires du STO qui vivaient dans les bois. Sa prudence s'était transformée en colère et en audace, elle n'avait plus peur de rien et prenait toujours plus de risques. Elle accepta de s'introduire dans une mairie pour y voler des cachets officiels qui serviraient à fabriquer des faux papiers ; d'aller prévenir chez lui un homme qui avait été dénoncé, en passant juste avant les miliciens. Elle apporta même dans une petite gare de campagne, en plusieurs voyages successifs, des armes démontées et des pains d'explosifs. Sachant bien que si elle était prise, on l'amènerait villa Mirasol, où son nom était connu. Mais le souvenir des yeux de Dorothée la poursuivait toujours.

Un jour de mai 1944, René apparut dans le cloître, au beau milieu de la journée, vêtu comme un jardinier au travail, poussant une brouette vide. Il voulait lui annoncer lui-même ce qui venait de se passer à Lestapis, avant qu'elle ne l'apprenne et s'affole.

Les Allemands, on ne sait comment, avaient été informés qu'un groupe de « terroristes » passait la nuit à la ferme, en étape vers les Pyrénées. Au petit matin, ils avaient encerclé la maison et mis le feu pour obliger les occupants à sortir. René ne savait pas qui et combien de personnes étaient à l'intérieur : personne n'en avait réchappé, ils avaient tous été abattus comme des chiens.

Lui, par miracle, n'y était pas. Arrivé de Toulouse, il venait de passer la nuit à Caussède, à s'occuper d'une vache qui n'arrivait pas à vêler. Depuis l'étable, il avait entendu les coups de feu et les cris, vu monter les flammes et la fumée, sans pouvoir rien faire.

— La vache m'a sauvé la vie…

Un peu plus tard, des munitions qui étaient entreposées là explosèrent dans un bruit terrible, détruisant entièrement tous les bâtiments de la ferme.

Cela s'était passé la veille. Sous son chapeau de paille, René avait un tremblement des lèvres qu'elle n'avait jamais vu. Malgré la présence des enfants autour d'eux, Reine, de saisissement, prit les deux mains dans les siennes.

— Oh les amoureux ! ricanèrent les grands autour d'eux. Ils étaient jaloux.

René reprit rapidement la brouette-prétexte qu'il avait « empruntée » un peu plus loin dans les vergers. En le regardant s'en aller, Reine se dit qu'elle avait de la chance dans la vie.

Au cœur de ce mois d'août, à la fraîche du matin, les jeunes maquisards sortirent tout d'un coup des bois pour se montrer sur la grand-route qui menait à Auvillar, pétaradant dans une voiture où flottaient des rubans tricolores, avec deux mitraillettes Sten bien visibles. Juste devant le couvent, un garçon debout à la portière cria d'une voix déjà rauque :

— C'est la Libération ! Les Boches sont partis ! Les Boches ont quitté Montauban !

Reine, qui portait la petite Suzanne dans ses bras, en resta interdite. Elle avait tellement rêvé ce moment qu'elle ne croyait pas tout à fait à sa réalité.

Dès qu'elle put confier les enfants aux religieuses, qui n'imaginaient pas de quitter le couvent, elle enfourcha sa bicyclette. Parce que René lui avait dit un jour avec conviction : le jour de la victoire, rendez-vous sur la place de la mairie de Montauban !

Reine avala sans effort les trente kilomètres, elle en avait tant fait ! Partout sur la route, il y avait du monde, des questions, des exclamations. Certains répétaient avec allégresse la même nouvelle : les Boches sont partis ! Mais d'autres prévenaient :

— Attention, il y a une colonne allemande du côté du Rond, où ça canarde encore !

Reine n'était pas retournée à Montauban depuis 1942. Arrivée en ville par le faubourg du Moustier, en suivant le flot, elle se retrouva presque par surprise devant la villa Mirasol. L'émotion la submergea devant les immuables briques roses : rien n'avait changé, et elle tellement !

Elle mit pied à terre, juste un instant. La maison paraissait vide, grilles grandes ouvertes, avec un air d'abandon à cause de tout ce qui traînait dans le jardin. Des cadavres de bouteilles, des caisses enfoncées. Et même… elle fut choquée de reconnaître les statuettes de la vitrine de Mme Chamassy, entassées, prenant la pluie et la poussière sous la haie. Celles qu'elle avait si souvent époussetées, et avec tant de précaution !

Plus loin, dans les jardins de l'évêché, il y avait au contraire une foule de gens qui convergeaient vers la reproduction de la grotte de Lourdes. On les entendait chanter et prier.

Une femme qui courait les rejoindre expliqua à la cantonade :

— Mgr Théas arrive ! Il a été libéré de prison, l'archevêque de Toulouse le ramène dans sa voiture.

Personne ne lui avait dit qu'il avait été arrêté pendant qu'elle-même se cachait.

À ce moment-là, Reine s'enfuit : parmi la foule des chanteurs, il y avait des élèves de Jeanne-d'Arc, tout près, reconnaissables à leur uniforme.

L'idée de croiser Apolline lui apparaissait tout d'un coup impossible. Elle ne s'était jamais demandé ce qu'elle lui dirait à propos de Dorothée.

Elle poussa son vélo – il y avait trop de monde pour pédaler – vers le centre de la ville où les fenêtres étaient pavoisées de fleurs et de drapeaux. Jusque devant la mairie.

René n'avait pas pu oublier, il suffisait d'attendre !

En réalité, il était déjà là, et ils se retrouvèrent dans les bras l'un de l'autre, à rire, à chanter et à danser ensemble. Il lui avoua dans le creux de l'oreille :

— Je ne m'appelle pas René, mais Roger. Et mon vrai nom de famille, c'est Kender.

— Ça m'est égal, je t'appellerai toujours René !

Au petit matin seulement, Reine remonta sur son vélo, emprunta le chemin des bords du Tarn pour aller retrouver ses parents. Rien non plus n'avait changé à Caussède où le père criait toujours sa désespérance.

Mais elle devait repartir aussitôt pour Toulouse où convergeaient tous les mouvements de Résistance.

Les derniers coups de feu autour de la gare Matabiau s'étaient tus quand elle y arriva. René avait pris du galon dans les FFI, et tous deux furent parmi ceux qui plantèrent le drapeau français au sommet du Capitole en chantant une vibrante *Marseillaise*.

Le jeune couple Kender fut marié par l'abbé Audrerie dès le mois de septembre, après que Robert fut revenu de Haute-Silésie pour reprendre la ferme. Ils allèrent s'installer aussitôt à Toulouse, où René était embauché par la nouvelle municipalité. Reine, elle, avait renoncé à la sténodactylo. À Auvillar, dans sa solitude, elle avait mûri sa décision de devenir assistante sociale pour s'occuper des enfants rescapés de la guerre. Puisqu'elle ne pouvait plus rien pour celle qui y avait disparu.

19

Le but de l'art est de laver la poussière
de la vie quotidienne de nos âmes.
Pablo Picasso

Henri Chamassy était arrivé en avance à la gare d'Austerlitz. Heureux, au diapason de sa ville désormais libérée et avide d'oublier les épreuves, pleine de l'exaltation des vainqueurs. Intimement fier aussi, car il venait d'être sollicité pour entrer au commissariat général du Plan, sous la direction de Félix Gouin.

Ses déplacements lui demandaient un peu plus de temps et il savait maintenant qu'il ne retrouverait pas entièrement l'usage de sa jambe. Se présenter à sa fille ainsi appuyé sur une canne, à moins de quarante-cinq ans, l'affectait un peu. Mais, en conscience, l'essentiel était qu'il ait réussi à la protéger, elle, durant toutes ces années terribles! Les Dames Noires de Montauban avaient mené Apolline sans accroc jusqu'à son deuxième bachot, en envoyant régulièrement à son père des bulletins scolaires circonstanciés. « Élève un peu réservée, travailleuse et discrète, bien préparée à la vie d'une mère de famille », écrivait la précieuse Mme de Vittez dans son dernier commentaire. Que demander de plus?

Il y avait eu, bien sûr, la disparition de son amie, la petite Dotha, qui avait secoué toutes les religieuses. Henri avait lui-même appris par René Couderc, dès 1943, le drame de Septfonds ; sans demander de détails, bien sûr, ni de qui il les tenait. Il avait décidé d'en préserver sa fille. Les enfants, heureusement, oublient vite. Quant à la trahison de Cabanac, pour humiliante qu'elle fût pour lui, cela se résumait à une affaire d'argent dont il ne parlerait même pas. Apolline avait l'âge maintenant de se passer de gouvernante, et même de tenir une maison elle-même.

Le haut-parleur annonça le train en provenance de Toulouse et M. Chamassy se plaça en tête du quai, où sa stature pouvait s'apercevoir de loin. L'image de la jeune fille entraperçue en 1942 dans la cathédrale de Montauban restait bien précise dans son esprit. Apolline devait maintenant être devenue presque une adulte avec qui la vie et les conversations seraient agréables.

Des sifflements et des panaches de fumée précédèrent la locomotive. Ses mains se mirent à trembler sur le pommeau de la canne.

Le père ne reconnut pas tout de suite sa fille quand elle descendit du train.

Elle n'avait pas grandi ou à peine ; une lourde mèche de ses cheveux si bruns était devenue entièrement blanche, barrant le front. Fagotée comme une petite provinciale, étourdie par l'agitation, et accrochée à une valise de carton cabossée, qu'une ficelle embrouillée empêchait de s'ouvrir. En la regardant s'avancer sur le quai, il découvrit cependant avec beaucoup d'émotion quelque chose de l'allure de sa mère, la chère Henriette.

Les retrouvailles furent difficiles.

Apolline ne s'exprimait guère et répondait peu aux sollicitations de son père. Elle sortait d'une effroyable solitude, enfermée à Jeanne-d'Arc depuis tant d'années, amputée de son double et rongée de culpabilité.

Lui cherchait, maladroitement sans doute, à l'entraîner vers l'avenir. Comment distraire et occuper intelligemment une jeune fille de presque vingt ans ? Comment l'encourager à se rhabiller de façon un peu plus élégante ? Il lui ouvrit un compte au Bon Marché, sans succès. Refusées aussi ses invitations à déjeuner à *La Fontaine de Mars*, la merveilleuse brasserie où l'on pouvait oublier les privations de la guerre.

Boulevard Saint-Germain, l'appartement du dessus, pillé et vandalisé pendant les années noires, puis entièrement refait, était occupé par un sympathique Américain, installé avec femme et enfants. Envoyé par son gouvernement pour préparer une conférence qui se tiendrait bientôt à Paris. Le secrétaire d'État George C. Marshall devait présenter un plan de plusieurs milliards de dollars : voilà qui stimulerait le redressement économique de l'Europe et pourrait contrer l'expansion du communisme ! Chamassy appréciait ses points de vue lorsqu'ils se croisaient dans le hall d'entrée.

Henri aurait tant aimé partager avec sa fille les débats d'actualité, comme autrefois avec sa femme. Mais leurs rares conversations témoignaient de sa part d'une terrible méconnaissance des événements passés et actuels. Plongé désormais au cœur de la reconstruction du pays, il tentait d'expliquer, de synthétiser les enjeux géopolitiques de l'après-guerre, parlait de réconciliation nationale, d'une nouvelle Constitution, de cette Sécurité sociale à organiser.

— Et surtout le vote des femmes, très important !

Devant le peu d'intérêt manifesté par la jeune fille, il abandonnait la conversation.

Bien sûr, il y avait ce grand silence entre eux. Alors que l'Europe entière découvrait l'horreur des camps de la mort, Henri Chamassy examinait toujours avec soin les listes des déportés de retour, espérant de moins en moins y trouver les noms de la famille Fogarscy. Il répugnait à aborder le sujet avec Apolline, qui heureusement ne lisait pas beaucoup les journaux. La guerre était finie, le danger nazi éradiqué, il fallait mettre toutes ses forces pour reconstruire !

Apolline, en effet, se taisait. Elle savait que son père savait. S'il y avait eu un espoir, il le lui aurait offert.

Henri pourtant continuait ses efforts :

— Faire de la musique ?

La suggestion avait cueilli Apolline à froid. Elle n'avait pas touché un piano depuis 1939. Tant et tant de choses lui avaient manqué pendant la guerre, mais pas le piano de sa mère, déjà désaccordé à l'époque.

— Non !

M. Chamassy se l'était tenu pour dit. Il n'avait pas d'autre idée, et peu de temps à consacrer à sa fille qui, de toute façon, habituée à se prendre en main seule, ne demandait rien.

La vie avait ainsi repris sans mots entre le père et la fille, dans le vieil appartement sombre du boulevard Saint-Germain. Rien, hormis le téléphone, n'avait changé depuis le début du siècle, sous le portrait éternellement jeune de Mme Chamassy. Apolline ne se voyait aucune ressemblance avec elle.

En se réinstallant dans sa chambre d'enfant, elle avait aussitôt cherché, et trouvé, là où elle l'avait rangée dans sa table de nuit, l'enveloppe d'Anton, cliché et certificat compris. Tout ce qui restait de ce qu'elles avaient vécu.

Sur la photo, elle retrouva le regard lumineux de Dotha, son sourire et ses cheveux mousseux, avant que les années de Montauban ne griffent l'image radieuse. Le regard de Dorothée au moment de suivre les Boches se superposait sans cesse à celui de la peinture angélique. Elle, Apolline, avait désormais des cheveux blancs, c'est dans la glace de la salle de bains parisienne qu'elle s'en était vraiment rendue compte. Elle décida de retrouver l'original, comme un acte de fidélité envers Dorothée ; et aussi une planche de salut pour elle. Pour survivre au mal-être qui la rongeait, elle savait au fond d'elle qu'il lui fallait puiser dans ce que Dotha et toute sa famille lui avaient appris et légué en disparaissant.

Sans bien savoir ce qu'elle y trouverait, simplement à cause du ton admiratif sur lequel M. Fogarscy parlait autrefois des « gens du Louvre », elle se rendit dans une aile du Louvre, au pavillon Mollien.

Là où l'on pouvait s'inscrire pour être autorisé à suivre les cours de l'École du Louvre. Son père, soulagé de cette idée qu'il n'aurait jamais eue, paya avec joie les frais d'inscription. Du moment que son ménage était bien tenu…

20

C'est l'art qui nous permet de vivre,
qui nous persuade de vivre, qui nous stimule à vivre.
Friedrich Nietzsche

Dès la rentrée 1947, usant de son temps, de l'argent de son père et de l'expertise de ses professeurs, Apolline se lança à corps perdu dans des recherches. En commençant par un pèlerinage au Faubourg-Saint-Honoré, où l'hôtel particulier de son enfance servait désormais de bureaux. La galerie de tableaux n'existait plus depuis longtemps, lui indiqua l'hôtesse d'accueil, coiffée d'un calot militaire, qui avait à peine son âge. Ajoutant d'un air entendu :

— Avec tout ce qui s'est passé…

Apolline remercia sans poser de questions.

Ce qui s'était passé, on le découvrait peu à peu, et cela occupait tout le monde de l'art depuis la Libération.

Dès les premiers jours de l'Occupation, à l'été 40, une équipe d'experts allemands, soit une soixantaine d'historiens d'art, de chauffeurs, de photographes, étaient réunis à l'ambassade du Reich, cœur du pouvoir nazi.

Munis de listes établies au préalable, ils avaient investi les propriétés privées et les galeries d'art appartenant à des israélites, et confisqué leurs collections d'art sous prétexte de les « mettre à l'abri ». Dans le Faubourg-Saint-Honoré, les galeries étaient nombreuses : les établissements Wildenstein, Rosenberg, Bernheim, David-Weil et les autres furent ainsi visités. Un pillage systématique et très organisé, qui en France avait concerné plus de cent mille œuvres d'art, des tableaux, des meubles, des sculptures, des livres... L'objectif était de rapatrier dans la grande Allemagne toutes les œuvres « germaniques », les Cranach, les Dürer, les primitifs flamands. Et au-delà, tout ce qui faisait le génie propre de l'Europe : les peintres du Quattrocento italien, les merveilles du Grand Siècle français... en effaçant ainsi l'humiliation du traité de Versailles et en libérant le peuple français de la « juiverie internationale ».

En octobre 1940, nouvelle étape, un statut des juifs avait organisé l'« aryanisation » de tous ces établissements israélites, avec la nomination d'administrateurs provisoires.

Dans la riche bibliothèque de l'École du Louvre, Apolline trouva sans difficulté une notice historique sur les galeries d'art parisiennes. Le premier Kallan, arrivé de Hongrie en 1878, s'était établi marchand de couleurs boulevard du Temple à Paris. Il avait passé contrat avec des peintres du mouvement impressionniste, Forain, Lebourg, Guillaume, qui échangeaient une partie de leur production contre leur matériel, toiles et couleurs. Au début du XXe siècle, montant sans doute en puissance, Kallan père et fils avaient déménagé Faubourg-Saint-Honoré où étaient mentionnées les présentations d'un paysage de Berthe Morisot, d'un portrait de Bonnard, et d'un Pissaro sans titre.

Grande émotion pour Apolline, qui était désormais capable de mettre des noms sur les toiles qu'elle avait vues petite fille à la galerie, et dont les couleurs étaient restées gravées dans son esprit.

« Le 3 juillet 1940, le petit-fils Kallan transmet son commerce à un certain M. Duret, administrateur provisoire. » La notice s'arrêtait là.

Voilà, elle y était !

Élie Kallan déclarait avoir fait de mauvaises affaires ; l'acte faisait mention de treize tableaux en tout et pour tout : principalement des natures mortes du XIXe siècle, signées d'illustres inconnus. Aucune trace des Morisot, Bonnard et Pissaro. Ni du Degas et du Matisse qui l'avaient éblouie en 1939. Et pas non plus d'Anton Drovic, bien sûr.

La piste se refermait. Une déception rude et étonnante : M. Kallan, qui présentait son commerce comme à bout de souffle et de fonds, disposait tout de même en 1940 d'une ligne téléphonique, fait très rare à l'époque ! Cela ne collait pas non plus avec les brillants vernissages de 1939 où le Tout-Paris de l'art se pressait.

La jeune étudiante en histoire de l'art continua sa recherche au nom des Fogarscy et de tout ce qu'ils avaient été pour elle. Munie du certificat qui valait acte de propriété, elle promena la photo des *Deux jeunes filles* dans toutes les administrations possibles, en mentionnant la collection entière dont elles faisaient partie. Le document fut inscrit et réinscrit, recopié en de multiples exemplaires sur des listes et des registres.

Répertorié dans les biens spoliés en France durant la guerre 1939-1945. Jusqu'au Bureau central des restitutions, créé à Berlin en 1947, qui enregistra sa requête parmi des centaines d'autres.

Un vieux professeur du Louvre, qui la suivait avec intérêt dans son travail, prêcha la patience et l'espoir.

— Il reste environ cinquante mille œuvres à retrouver, mademoiselle ! Certaines ont été revendues plusieurs fois depuis 1940, déplacées, parfois sous des titres différents, ou encore mal attribuées. Il nous faudra peut-être un siècle pour les voir réapparaître...

Il glissa :

— Voyez donc chez Mlle Valland ! Elle a consigné dans ses carnets une bonne part de notre patrimoine français...

Rose Valland était une figure du monde de l'art, reconnue pour son courage et son action durant la guerre. Alors jeune attachée de conservation au musée du Jeu de paume, elle était restée sur place, aux côtés des Allemands, au moment où le butin des pillages arrivait par camions entiers.

Devant elle, les objets étaient expertisés, documentés, photographiés et déclarés propriété du Troisième Reich, avec une croix gammée apposée à l'encre noire à l'envers des tableaux, sous le fond des vases, le socle des sculptures, ou sur la page de garde des livres. Ils étaient ensuite exposés dans les salles du musée afin que les dignitaires nazis puissent venir y faire leur choix. Des envoyés d'Hitler lui-même, du maréchal Göring et de beaucoup d'autres avaient défilé devant les tapisseries de Flandre, les meubles de marqueterie, les marbres antiques, les tableaux célèbres, les tapis de la Savonnerie... Une fois faite la sélection de chacun, des trains spéciaux partaient directement de la gare d'Orsay toute proche pour les emporter en Allemagne.

Durant toute la guerre, Mlle Valland avait noté en secret les caractéristiques de chaque objet qu'elle voyait passer, sa provenance et la destination qu'il prenait. Soit des carnets et des carnets de notes accumulés, qui auraient pu mille fois la faire arrêter, et qu'elle apportait le soir à son directeur, M. Jaujard, au Louvre.

C'est grâce à elle que beaucoup d'œuvres d'art que l'on croyait définitivement perdues au sortir de la guerre avaient été localisées et restituées à leurs propriétaires.

Rose Valland, nommée « officier Beaux-Arts » dans la première armée du général de Lattre de Tassigny, en charge de la récupération des œuvres spoliées, continuait à parcourir le Reich déchu, du Nid d'aigle de Berchtesgaden à Carinhall, la résidence de prédilection de Göring, au château de Neuschwanstein en Bavière, jusqu'aux mines de sel d'Altaussee, pour retrouver les trésors disparus.

Un espoir pour tous ceux qui, comme Apolline, recherchaient des œuvres disparues. Et pour tous les amateurs d'art qui hantaient alors les musées, considérant que la beauté seule pouvait sauver le monde dans les temps difficiles de l'après-guerre.

Or le musée du Jeu de paume se trouvait face à la place de la Concorde, à deux pas des galeries du Faubourg-Saint-Honoré ! Pour Apolline, c'était une évidence, *Les Deux jeunes filles* étaient certainement passées par là.

Un fonctionnaire du musée reçut aimablement la jeune fille et mit à sa disposition les listes d'œuvres spoliées établies par la conservatrice des lieux. Un inventaire fabuleux ! Apolline se prit au jeu, passa des jours à inventorier, découvrir, reconnaître. Et finalement apprendre des pans entiers de l'histoire européenne de l'art. Ses études devinrent sa raison de vivre.

Il y avait de tout, par centaines, des Vélasquez, des marbres de Houdon, des coffres médiévaux, des tiares de diamants, des Véronèse, des Titien… Et parmi les tableaux, une kyrielle de « portraits de mademoiselle X ». Mais aucune « jeunes filles » au pluriel.

— De toute façon, rappela le préposé, les nazis ne s'intéressaient pas aux œuvres du XXe siècle. Sauf comme monnaie d'échange.

Les cubistes, les fauvistes, les pointillistes, même les impressionnistes, Cézanne, Braque, Vlaminck, Seurat ou Dufy, tous ces artistes célèbres ou leurs élèves moins connus, auxquels les Fogarscy l'avaient initiée, toutes ces formes et ces juxtapositions de couleurs qui représentaient pour elle un bonheur enfui, étaient considérés comme de l'art dégénéré. Les œuvres d'Anton Drovic aussi, bien sûr.

— Nous avons des photos prises ici durant l'Occupation, dont deux de la salle des martyrs…

À leur arrivée, les tableaux maudits étaient mis à part, dans une petite pièce que l'on appelait par dérision la « salle des martyrs », dans l'attente d'être revendus ou échangés contre de l'art « véritable ».

C'était là, évidemment, que *Les Deux jeunes filles* d'Apolline avaient dû être mises en pénitence.

Les photos représentaient deux angles de la même pièce.

Des murs sombres recouverts de tableaux, de toutes les tailles et sur tous les sujets, rangés sans logique ni esthétique, du sol au plafond. Avec des dizaines d'autres encore, avec ou sans cadres, empilés, superposés sur des présentoirs. Ne laissant parfois dépasser qu'un coin d'encadrement ou de ciel.

Elle reconnut assez vite au milieu de ce bric-à-brac un nu célèbre de Picasso, deux Matisse colorés côte à côte, peut-être les angles géométriques d'un Braque, certainement un portrait de femme de Modigliani, ou d'un de ses élèves. Mais elle eut beau scruter les photos, écarquiller les yeux, rien qui puisse ressembler à ces *Deux jeunes filles* dont elle connaissait chaque détail.

Le fonctionnaire, touché, faisait ce qu'il pouvait pour l'aider.

— Vous savez, un inventaire ne dit jamais tout ! Hormis les œuvres les plus connues, il y a eu beaucoup d'identifications douteuses, des œuvres attribuées de façon erronée, avec des titres ou des dimensions fantaisistes, ou bien des numéros différents selon les listes. Et puis, ici même, dans le jardin, des centaines de tableaux modernes ont été brûlés, après lacération...

L'homme referma ses registres. Apolline remercia poliment.

Elle se retrouvait dans une impasse. Cependant, elle avait pris goût à ce travail solitaire, acquis une culture et un « œil » pour apprécier la peinture. Y puiser la beauté, la tendresse, la gaieté qu'elle avait tout juste eu le temps de goûter avant-guerre. Elle avait totalement arrêté de dessiner avec la disparition de Dotha :

c'était toujours une souffrance de le faire sans elle, et elle ne reconnaissait pas assez de talent pour apprécier le résultat. En revanche, elle savait désormais juger le travail des autres.

Apolline travailla beaucoup durant ces années d'après-guerre. À l'exemple du seul modèle qu'elle avait sous les yeux : son père, engagé avec passion dans le redémarrage économique du pays.

De toute façon, elle ne savait faire que cela. Elle se découvrait incapable d'entrer dans la ronde joyeuse des jeunes filles qui goûtaient la liberté retrouvée, portaient des jupes en corolle, allaient danser avec leurs soupirants dans les caves de Saint-Germain-des-Prés, juste à côté de chez elle. Sa légèreté et sa liberté, elle les avait perdues dans les yeux de Dotha, en 1942, et ne voyait pas d'autres horizons.

À l'École du Louvre, les jeunes filles de bonne famille disparaissaient très vite des travées d'amphithéâtre en se mariant. Mais les quelques garçons qui se risquaient à adresser des plaisanteries ou des compliments à cette mystérieuse fille aux cheveux blancs, incollable en histoire de l'art du XXe siècle, renonçaient très vite.

Apolline, dans sa vingtaine, ne se trouvait pas jolie, oubliait de suivre le New Look lancé par Christian Dior, et résistait à donner de nouveau son amitié, sa confiance. Elle avait vécu son adolescence dans l'ombre de Dotha ; toujours vu les regards se tourner vers son éclat blond et souriant, trop compté sur elle pour être heureuse. Coupable de sa disparition, elle ne savait plus l'être. Alors elle travaillait.

À l'orée des années 1950, l'effort fantastique de restitution des œuvres d'art spoliées avait produit d'appréciables résultats mais commençait à faiblir : des dizaines de milliers de tableaux avaient été rendus à leurs propriétaires légitimes mais d'autres milliers d'œuvres, dites orphelines, n'étaient toujours pas réclamées, que leurs propriétaires aient disparu durant la guerre, qu'ils aient considéré comme secondaire de les réclamer au regard des drames qu'ils avaient traversés ou qu'ils aient dû s'enfuir à l'étranger et y soient restés.

Ces tableaux en déshérence, classés « Musées nationaux récupérations », avec une estampille MNR apposée au revers, étaient confiés à des musées, avec obligation de les exposer pour permettre d'être éventuellement reconnus. Plus souvent, ils étaient relégués et oubliés dans les réserves. L'État français lui-même organisait par ailleurs la vente de tout ce qui n'avait pas d'importance artistique, et Apolline se mit à scruter pour la première fois les catalogues de vente.

Sans compter que sur la centaine de milliers d'œuvres disparues, vingt à quarante mille n'avaient toujours pas été localisées. Pas encore ! Apolline espérait toujours. Elle suivait avec vigilance chaque article, chaque colloque sur les spoliations de la guerre, chaque affaire de restitution à des ayants droit de collectionneurs. Mais les victimes vieillissaient et leurs héritiers ne pouvaient pas toujours produire les preuves de propriété.

Désormais ancienne élève de l'École du Louvre, elle se mit à courir les ventes aux enchères, les successions, à éplucher *La Gazette de Drouot*. À l'hôtel Drouot, quartier de la Bourse, plus d'un million d'objets volés avaient été dispersés ou vendus à vil prix par ceux qui cherchaient de l'argent pour fuir le régime nazi. Même si la guerre avait déplacé le centre mondial de l'art vers Londres et New York, le vieil hôtel en restait une plaque tournante, qui cherchait à oublier l'Occupation.

Apolline Chamassy commença à travailler dans une maison de ventes exerçant à Drouot en 1951, au moment où l'on célébrait en grande pompe le centenaire de l'institution. Une ordonnance du général de Gaulle venait d'assainir et de redéfinir le statut des commissaires-priseurs. Sans l'interdire aux femmes, même s'il n'y en avait pas à Drouot. « Peut-être un jour ? » se disait Apolline...

Fréquenter quotidiennement la beauté était le seul remède qu'elle avait trouvé à la désespérance qui l'entravait toujours. Tôt partie, tard rentrée boulevard Saint-Germain, rapportant des dossiers sous le bras, elle était entièrement occupée par son travail, tout le train de maison étant confié à Agnieszka, une jeune Polonaise que M. Chamassy avait embauchée après qu'elle se fut échappée de derrière le rideau de fer. Agnieszka, tout naturellement, prit soin aussi du petit Antoine, né en 1956.

DEUXIÈME PARTIE

1998

21

Apprendre à exprimer la voix cachée des choses,
voilà le chemin et le but de l'art.
Giorgio De Chirico

Dès ses huit ans, quand il considéra qu'Alyssia était capable de prendre l'avion seule, son père l'envoya en vacances chez sa grand-mère. Des vacances non négociables disait-il, pendant qu'il travaillait dur. *So hard!* Des vacances interminables aussi : du 1er au 31 juillet de chaque année.

Le long vol nocturne New York-Toulouse, à l'avant de l'appareil, où dans les années 1980 elle était parfois seule à porter autour du cou sa pancarte « Unaccompanied Minor », les attentions des hôtesses de l'air – toutes des âmes de mamans –, la pochette de jeux, souvent la même d'un vol sur l'autre, en rajoutaient à son impression d'être abandonnée en plein ciel. Et différente de tous les autres enfants.

D'autant que c'était une étrange Granny qui l'attendait, signait la décharge à l'arrivée sans jamais l'embrasser. Apolline Chamassy vivait solitaire, sans famille ni amis, dans sa grande maison immobile de Montauban.

C'était à la petite New-Yorkaise de s'adapter, de comprendre son français châtié et chantant, de maîtriser le vouvoiement obligatoire, de se plier à des habitudes insolites ; et de contourner ses silences, ses raideurs, ses interdits.

À quoi bon ? Mme Chamassy travaillait tout autant qu'Antoine, son père. Elle passait le plus clair de ses journées à l'hôtel des ventes, place du Paon, et quand elle rentrait, s'enfermait dans le grand bureau.

Laissant sa petite-fille se débrouiller villa Mirasol dans la solitude des vieux meubles sombres. Avec ordre d'écosser des haricots verts, de couper les roses fanées du jardin et de regarder autour d'elle…

Il faut que les enfants s'ennuient, pour avoir le temps de rêver…

Sa façon de couper court à toute récrimination. Alyssia n'aurait pas osé, de toute façon.

Et pourtant… Elle qui vivait le reste de l'année sous le regard constant d'une succession de baby-sitters avait fini par trouver du charme à ces vacances. Comme une respiration dans ce grand écart entre ses deux vies, ses deux continents, ses deux cultures. À Montauban, elle avait apprivoisé le silence et découvert la liberté. Elle pouvait en toute impunité ouvrir les armoires, piocher dans les réserves de l'office, dessiner des licornes ou des princesses autant qu'elle le voulait, se goberger de framboises dans la serre, ou s'allonger dans l'herbe du jardin, à regarder les nuages courir dans le ciel. Sans rendre de comptes.

À dix ans, elle s'autorisait à s'échapper de la villa Mirasol pour aller tremper les pieds dans le Tescou presque asséché, ou découvrir les ruelles de la ville surchauffée. À douze ans, elle savait dessiner les pieds d'un fauteuil Louis XV, distinguer le métal argenté de l'argent massif, différencier un Matisse d'un Cézanne ; et reconnaître les étoiles dans le ciel d'été.

Mais le jour où elle avait eu la mauvaise idée de raconter ces plaisirs de vacances à une petite amie du lycée français de New York, celle-ci avait été si horrifiée qu'elle en avait parlé à sa mère. Alyssia n'avait plus jamais été réinvitée. Toujours ce sentiment d'être différente...

Le soir, quand la chaleur s'apaisait enfin sur la terrasse, Granny enclenchait avec détermination la cérémonie de la tisane et des étoiles : le Grand et le Petit Chariot, Altaïr, Cassiopée, une ou deux étoiles filantes et au lit.

— Allez, zou ! sans discussion !

À quinze ans, elle cherchait à obtenir de sa grand-mère des bribes de ce que son père ne lui avait jamais dit. Intuitivement, elle avait compris que la vieille dame détenait une part de ses propres mystères, de ses propres difficultés à être.

Apolline – qu'elle appelait par son prénom dans sa tête, histoire de la craindre un peu moins – n'opposait à toutes les questions que les volutes de ses Gauloises. Qui empestaient, en plus.

Jusqu'à l'été de ses dix-huit ans.

Cette année-là, Alyssia avait beaucoup séché les cours, beaucoup bu de bière et de vodka – seule, car elle détestait les fêtes – piqué pas mal de vernis à ongles chez Macy's. Et tout à fait raté, au mois de juin, son bac international.

Antoine Chamassy, qui venait de refaire sa vie – comme si la précédente, partagée avec sa fille, n'en était pas vraiment une ! –, était effondré. Il n'imaginait pas d'autre avenir pour sa fille que de devoir choisir entre les universités de Georgetown et de Columbia. UCLA à la rigueur. *So hard!* Il avait travaillé si dur pour cela…

Or l'unique certitude d'Alyssia cet été-là, c'était d'être incapable de fournir ce qu'on attendait d'elle.

Elle était partie passer le mois de juillet à la villa Mirasol sans demander son reste, avait supporté seule, terrorisée et coupable, terriblement coupable, les effrayantes crises d'angoisse qui la terrassaient. Roulée en boule, refusant de prendre son père au téléphone. Et même de regarder les nuages, ou les étoiles du soir.

C'est Apolline qui l'avait tirée de là.

Juste avant l'avion du 31 juillet, et le mois d'août qu'elle devait passer dans la nouvelle maison de Scarsdale. Avec Vicky, la nouvelle femme de son père, qui avait aménagé pour elle une ravissante chambre rose ; avec volants et paillettes, comme les aiment toutes les jeunes Américaines, paraît-il.

Apolline, réveillant son fils dans son premier sommeil, décalage horaire oblige, et qui savait user d'autorité envers lui, avait déclaré d'un ton définitif :

— Alyssia a un œil original, le talent de voir ce que les autres ne remarquent pas. Et puis elle sait crayonner. À condition de bien vouloir travailler, elle pourrait s'orienter vers une école d'art…

Ces crayonnages incessants, qui justement exaspéraient son père, signes flagrants du manque de travail d'Alyssia.

Antoine n'avait pu que se taire. Il adorait sa fille, mais craignait tant de reconnaître chez elle l'imprévisibilité et les déséquilibres de sa mère, entre erreurs et coups de génie.

Désormais, Alyssia habitait donc seule à Paris.

À quelques roues de vélo de la fac où elle était censée se mettre au niveau pour réussir le concours des Beaux-Arts et de la maison Sennelier, où elle ruinait son père en carnets de croquis, couleurs et fusains.

Merveilleusement installée dans un petit appartement sous les toits, où Antoine Chamassy avait investi ses premiers gains du temps où il venait régulièrement depuis New York approvisionner sa compagnie, French Flavours, aux halles de Baltard.

Vingt ans plus tard, les halles avaient déménagé depuis longtemps à Rungis et Alyssia se retrouvait au cœur du Paris bobo et branché. Deux pièces au sixième étage, avec une fenêtre donnant sur le chevet de l'église Saint-Eustache, ce navire de pierre qui l'émouvait chaque matin au réveil. À deux pas du marché bio de la rue Montorgueil et des cinémas du Forum des Halles. Le bonheur !

Ou presque.

Elle qui se sentait tellement *frenchy* au lycée de New York, qui rêvait de l'esprit de Paris, avec ses cafés, ses expos et tout le reste, n'en voyait plus du tout le charme. Ses voisins n'étaient pas aimables, il y avait des colonies de souris dans le vieil immeuble historique, et rien ne lui parlait dans ce qu'elle était venue apprendre : méthodologie des codes esthétiques, lieux patrimoniaux, langages artistiques au pluriel... Sans doute les subtilités de la langue française lui échappaient-elles ? Et le reste aussi.

De toute façon, la fac s'était mise en grève dès la rentrée, avec piquet interdisant l'entrée dans les amphis.

Alyssia, seule dans cette ville inconnue, tanguait sur ses bases, en oubliait de se réveiller le matin, n'arrivait même plus à dessiner.

C'est à Apolline qu'elle osa téléphoner. Elle qui en son temps avait fréquenté l'École du Louvre.

— Mais qu'est-ce que je fais ici, Granny ?

— Eh bien promène-toi, voyons ! Lève les yeux, regarde les façades… Paris est un musée à ciel ouvert, cela vaut tous les cours !

S'ensuivit un catalogue complet de ce qu'une jeune Américaine devait absolument avoir vu et étudié, à condition de se lever tôt…

— Va au Louvre, regarde travailler les copistes. C'est en copiant les maîtres qu'on saisit leur intention, leur sensibilité, leur tour de main. Ou bien, tiens, monte jusqu'aux salles des dations, au dernier étage : chaque collectionneur a une histoire à raconter ! Et tu traverseras les Tuileries jusqu'au musée de l'Orangerie, pour rendre visite aux *Nymphéas* de Monet. Tu verras, tu seras éblouie !

Sous l'avalanche, Alyssia raccrocha. Mais finit par s'exécuter. Pas le choix…

Posée sur une banquette capitonnée, elle se laissa immerger dans la douceur liquide des corolles de nénuphars. Au point d'avoir envie de pleurer. C'était si bon ! Elle devait au moins cette expérience-là à sa grand-mère.

À l'approche des vacances de Noël, les contrôleurs aériens se mirent en grève à leur tour, l'empêchant de rejoindre New York. Passer les fêtes toute seule dans un Paris enluminé lui parut insupportable.

Restait la villa Mirasol.

Où l'on ne fêtait pas Noël : Apolline était fâchée depuis longtemps avec le Dieu de son enfance. Ni crèche, ni sapin, ni réveillon, rien de tout ce que Vicky s'acharnait à mettre en scène à Scarsdale, à coups de guirlandes et de cadeaux somptueux. Mais il n'y avait pas besoin de Dieu pour cela !

Dans le bureau de Granny, où la vieille dame se réfugiait durant l'hiver, Alyssia retrouva l'atmosphère de ses étés d'enfance. La même demi-obscurité, l'odeur entêtante de la cire des meubles remplaçant celle des fleurs du jardin, le même pot de faïence brûlant où nageaient les fleurs de tilleul, et toujours la fumée des Gauloises, diluée dans celle du feu de cheminée.

Un peu moins de cigarettes pourtant. Pour la première fois, Alyssia voyait vieillir sa grand-mère, qui fumait moins, s'asseyait plus souvent, ralentissait le pas, et ses exigences ; elle s'adoucissait surtout.

En passant la main à l'hôtel des ventes, elle avait cessé de rapporter des catalogues, de donner des ordres d'enchères au téléphone, d'accumuler des tableaux. Mais en parlait peut-être plus volontiers durant ces longues soirées noires. De ses chouchous de toujours, les peintres de la lumière, des couleurs. Des familiers dont elle connaissait l'œuvre par cœur : Modigliani, Zadkine, Juan Gris, Brancusi… Elle présentait à sa petite-fille leurs élèves aussi, moins onéreux, qui garnissaient les murs du bureau.

Pour une nuit de Noël, subir encore un cours d'histoire de l'art c'était un peu dur…

Alors Alyssia décrocha de la conversation, prit son carnet et croqua le visage penché de sa grand-mère, ses cheveux très blancs et très épais. Elle remarqua les joues creusées, les épaules serrées, s'appliqua à crayonner un gros plan de ses doigts, sans bagues ni alliance, tenant haut sa cigarette.

— Et cette photo, je me suis toujours demandé… hasarda Alyssia tout en dessinant.

Ce n'était pas une photo de famille. D'ailleurs il n'y en avait jamais eu ici, cela faisait partie des bizarreries de Granny. Ni réunion familiale sur le perron, ni ancêtre glorieux, ni bébé sur sa peau de chèvre. Même Antoine Chamassy, qui avait pourtant grandi à la villa Mirasol, semblait ne pas avoir eu d'enfance. Et encore moins de père.

— Ah, *Les Deux jeunes filles*…

Un cliché en noir et blanc, aux bords dentelés, glissé dans un sous-verre, presque caché sur le manteau de la cheminée du bureau. Il représentait une toile encadrée sur un mur, sur laquelle deux silhouettes se penchaient l'une vers l'autre.

— Tu me reconnais ?

Alyssia saisit aussitôt la tessiture particulière de la voix. Elle mit le nez sur la photo.

— Mais oui, avec les nattes brunes, c'est vous ! Qui est la jolie blonde en face ?

— Mon amie Dorothée

Cette Dorothée était partout dans la vieille maison. Alyssia avait trouvé son nom sur la page de garde d'un livre, dans une trousse de couture – des marques tissées au coton rouge –, sur un poème recopié d'une écriture appliquée, avec le nom-prénom-date souligné en haut à gauche, comme l'exigeaient les écoles françaises.

Mais jamais jusque-là Granny n'avait prononcé son nom. Et son ton était trop définitif pour qu'Alyssia s'appesantisse.

— Je ne l'ai jamais vu, ce tableau ?

— Certainement pas. Parce qu'il n'existe plus. Disparu pendant la guerre... comme tant d'autres choses !

Avant la guerre, pendant la guerre, après la guerre... Alyssia avait si souvent entendu cette formule, assortie de points de suspension, qu'elle s'interdit instinctivement de relever.

— Et le peintre, savez-vous ce qu'il est devenu ?

Réponse encore plus laconique.

— Il est mort un peu plus tard.

Alyssia scruta de nouveau le cliché, commentant platement, pour retenir sa grand-mère :

— Un élève de Degas, n'est-ce pas ?

— Une œuvre de jeunesse est toujours influencée par les maîtres. Il n'osait pas se dire fauviste, mais évoluait vers sa manière propre. Dans une palette plus colorée, vivante, sensible... Qu'en penses-tu ?

Alyssia n'en pensait rien, n'en savait rien, mais vit la brèche, et en profita.

— Il a peint d'autres choses ?

Granny était toujours prête à parler peinture.

— Très peu : des paysages parisiens, le pont de la Concorde à Paris, sur le modèle du pont des Chaînes de Budapest. Traité dans une gamme de couleurs froides. Tout en longueur, avec des passants cachés sous leurs parapluies noirs. Et plusieurs toits de zinc parisiens en perspective, qui surplombent des fenêtres à peine esquissées, dans une lumière jaune pâle. Deux portraits de femme, aussi.

Tout d'un coup, alors que les cloches s'envolaient pour appeler à la messe de minuit dans la cathédrale voisine, Mme Chamassy décida avec énergie, en écrasant son mégot :

— Allez, je suis fatiguée ! Pas l'intention de réveillonner !

Avec des gestes brusques, elle écarta les bûches du feu de la cheminée, éteignit les lampes, donna un tour de clé à la porte d'entrée. Alyssia se leva pour lui souhaiter bonne nuit.

— Je vais rester un peu en bas. Je n'ai pas sommeil, et je voudrais essayer de copier votre tableau.

Apolline se troubla, main crispée sur le balustre d'escalier.

Elle ne pouvait tout de même pas en empêcher sa petite-fille, qu'elle adjurait en vain depuis trois mois de se remettre au travail.

— Comme tu veux après tout, c'est Noël !

Son dos voûté disparut vers l'escalier, en butant sur la première marche.

Alyssia le tenait, son cadeau ! Elle remit trois bûches dans la cheminée, réajusta la lumière de la lampe, occupant tout ce grand silence de Noël.

Jamais elle n'avait aussi bien compris l'importance de la copie : « Saisir le geste de l'auteur, son intention », disait Granny.

Un essai, deux, trois… les pages du carnet noircies l'une après l'autre. Arrachant même celles qui lui déplaisaient le plus. Elle cherchait, cherchait avec ses doigts, à comprendre ce que le peintre avait voulu dire, dans ce mouvement, ces regards conjugués, ces lumières irradiant autour…

Mais la photo refusait de lui rendre l'essentiel : les couleurs. Il manquait le grand format aussi, pour mesurer l'ampleur du geste de l'une vers l'autre. Et cerner la personnalité des deux jeunes filles : que disaient ces yeux transparents tournés vers la petite Granny miniature ? Et cette sérénité qu'elles dégageaient toutes les deux…

Jamais elle n'avait dessiné aussi longtemps, sans voir s'écouler le temps.

Le temps que minuit passe, que les dernières braises du feu s'éteignent, que le froid la saisisse.

À peine couchée, elle se releva, redescendit pieds nus sur les marches craquantes de l'escalier pour se glisser jusqu'au bureau, avec son téléphone comme lampe de poche. Elle voulait garder une photo de cette photo, qui décidément ne quittait pas son esprit, et pouvoir l'agrandir aussi.

Elle posa le sous-verre sur la table, soigna le cadrage, la lumière du flash, cliqua. Mais il y avait toujours ce reflet du verre, qui masquait les reliefs.

Il fallait désolidariser la photo de ses griffes de métal. À l'ouverture, une feuille de papier pliée en quatre s'échappa. C'était un certificat de propriété au nom d'Apolline Chamassy, à en-tête de MM. Kallan et fils, marchands d'art Faubourg-Saint-Honoré, 82.

Cadrage, flash, deux clics pour la photo et le certificat.

Cinq minutes plus tard, frigorifiée, elle se fourrait de nouveau sous sa couette et s'endormait pour de bon cette fois-ci.

Il faisait déjà grand jour quand elle redescendit. Apolline n'osait pas tout à fait supprimer Noël puisqu'elle préparait un cassoulet de fête pour le déjeuner.

Elle demanda, en allumant une cigarette, son visage caché derrière la main protégeant le briquet.

— Ma chérie, j'ai vu tes dessins ! J'aime beaucoup… Tu me les offres ?

Au tour d'Alyssia d'hésiter.

— Comme cadeau de Noël, alors !

22

L'œuvre qu'on porte en soi paraît toujours
plus belle que celle que l'on a faite.
Alphonse Daudet

Dans l'immense et magnifique atelier de peinture du quai Malaquais où elle venait toujours avec une sorte de révérence, Alyssia dessinait, peignait, sculptait, numérisait, photographiait. Après tant de cours théoriques, c'était une respiration déguisée en travail. Jamais, au lycée, elle n'aurait imaginé « travailler » ainsi pour préparer un examen !

Depuis plusieurs heures, elle essayait en vain de faire transparaître la lumière à travers une épaisse bande de gouache noire. Décidément, n'est pas Soulages qui veut, ou pas du premier coup ! Une découverte récente pour elle : il fallait beaucoup essayer pour réussir, longtemps s'imprégner de beauté pour espérer l'atteindre un peu.

Un appel silencieux sur l'écran de son téléphone : brosse en l'air, elle se déconcentra un instant pour fixer le prénom qui s'affichait.

Théo, pour Théophile. Ne pas se précipiter pour répondre.

Mais son pinceau refusait toujours de diffuser la lumière sur la toile. Ce soleil noir qu'elle voyait si bien dans sa tête n'advenait pas dans la réalité.

L'écran du téléphone s'éclaira de nouveau, trois fois de suite.

Tant pis, tant mieux ! Alyssia abandonna son matériel, se frotta énergiquement les mains dans un chiffon sale et sortit de l'atelier.

Comme une provocation, sur le mur du long couloir, les œuvres de ses prédécesseurs. Techniquement achevées ou joyeusement imparfaites. Si créatives et si inspirantes. Elle commençait à avoir terriblement envie de les rejoindre. Mais était-elle vraiment capable de réussir un concours ? L'échec au bac la poursuivait toujours.

Quand elle rappela Théo, le cœur d'Alyssia battait un peu plus fort. Comme à chaque fois, décidément. Cette rencontre, un cadeau de la vie.

À la rentrée de Noël, de retour de Montauban passablement déprimée, elle était arrivée en retard à une conférence dont elle ignorait le titre. Parce que leur prof d'histoire de l'art avait répété plusieurs fois que cet exposé, donné par une éminente spécialiste de la Sorbonne, était – non, certes, pas obligatoire, rien n'était jamais obligatoire en matière d'art ! – fortement recommandé pour l'épreuve de culture générale. Et puis la Sorbonne, pour une jeune Américaine, c'était un *must*.

Le grand amphithéâtre de boiseries sombres était bondé. Aucune place dans les derniers rangs pour les retardataires ; même les marches d'escalier étaient occupées. Il lui avait fallu remonter l'amphi entier pour trouver un coin de banc ciré où s'asseoir.

Sur l'estrade, ladite éminente spécialiste parlait à toute allure, avalait ses mots, ou n'employait que des expressions alambiquées. Alyssia, qui se croyait bilingue, était perdue.

« Le front de l'art », écrivit-elle sur son cahier.

Le sujet ne lui évoquait strictement rien. Elle commença à noter des phrases sans queue ni tête en se demandant une fois de plus ce qu'elle faisait là.

Sauf que…

À la fin de la conférence, son voisin, un grand garçon vêtu d'une veste à carreaux – pas vraiment le look de ses petits camarades artistes, jamais elle n'avait vu un étudiant en veste ! – lui avait proposé d'aller boire un pot et de lui prêter ses notes. Ou l'inverse, mais elle avait accepté les deux.

D'abord parce que c'était la première personne, depuis son arrivée à Paris, qui lui adressait vraiment la parole avec l'air de s'intéresser à ses réponses. Ensuite parce qu'elle avait vraiment envie de comprendre.

Le garçon si sérieux l'emmena à la terrasse d'un café, face au Luxembourg.

— Que veux-tu boire ? Ah, un Coca ! Bon, pour moi ce sera un verre de chablis, s'il vous plaît ?

Il était entré avec naturel dans la vie d'Alyssia, posant des questions sur tout, ses impressions sur les Parisiens, son atelier de dessin, les mystères du bilinguisme, l'origine de ses cheveux auburn, la vie culturelle de New York… Tous les sujets semblaient le passionner, y compris ce qu'avait raconté la conférencière : en témoignaient les notes structurées en parties et sous-parties, avec des titres rouges et verts, qu'il posa sur la table, et poussa vers elle.

— On peut se retrouver ici la semaine prochaine, tu me les rendras ?

C'était justement autour de ce sujet, à la frontière entre l'histoire et l'art du XXe siècle, que porterait le mémoire de fin d'études de Théophile. Car non, il ne préparait pas les Beaux-Arts, il dessinait très mal d'ailleurs. Mais il aimait passionnément la statuaire médiévale, les pastels de toutes les époques, les porcelaines chinoises, les masques amérindiens et beaucoup d'autres choses.

Théophile était bien plus vieux qu'elle, et bien plus avancé dans ses études. Il avait suivi un parcours classique de bon élève, et dans quelques mois, il serait commissaire-priseur.

— Tiens, comme ma grand-mère ! s'exclama Alyssia, en oubliant d'être impressionnée par le curriculum vitae.

Voilà comment tout avait commencé.

Elle se sentait toujours troublée par ses appels et pourtant déjà familière de ce garçon surprenant, avec qui elle pouvait parler de tout.

L'histoire des *Deux jeunes filles* disparues durant la dernière guerre, qu'elle lui raconta lors de leur deuxième rencontre, le passionna.

Comme tout le reste.

— Si, si, encore plus, ironisa-t-il, parce que tu la racontes avec ton accent américain !

Là encore, elle rit au lieu de se vexer et se risqua à lui montrer les croquis rapportés de Montauban d'après la photo en noir et blanc. Elle expliqua le petit miracle de la nuit de Noël, quand elle s'était remise à dessiner, et avoua même que depuis, elle rêvait de retrouver l'original.

— Bien sûr, un demi-siècle après, il y a peu de chances…

Théophile regarda, admira d'un air professionnel. Plutôt que d'évaluer le minuscule espoir, il toucha juste :

— C'est un portrait un peu académique, mais ni mièvre ni convenu. Il s'y passe vraiment quelque chose !

— Je reconnais tellement le regard noir de ma grand-mère ! Si je pouvais un jour lui rapporter son tableau…

Théo était décidément d'un sérieux inébranlable.

— Tout de même, tu as des éléments dans le certificat de propriété. Avec l'ouverture des archives, les avancées de la recherche historique et les bases de données sur internet, il y a peut-être des chances nouvelles.

Il s'était mis à la disposition d'Alyssia pour des recherches.

— Sérieusement !

Comme tout ce qu'il faisait. En si peu de temps, il maîtrisait l'histoire dans tous ses détails. Avec une distance qui lui permettait de poser des questions pointues.

Le pigeonnier de Saint-Eustache était devenu le quartier général de leurs investigations. Il habitait loin en banlieue et ne venait à Paris que pour travailler. Ensemble, ils se pâmaient devant le chevet de l'église, regardant sans se lasser les pierres giflées par la pluie de février.

— L'élévation du style gothique, les courbures du roman et les ornements de la Renaissance…

— Moi, j'y vois plutôt un gros chat assoupi !

Elle l'avait beaucoup dessiné ainsi, durant ses premiers mois de solitude. Et Théo apprécia les dessins. Évidemment.

Il débarquait après ses journées de « rat de bibliothèque », toujours une bouteille de bon vin sous le bras. Alyssia avait vite compris qu'avec lui, l'apéritif ne pouvait se résumer aux chips et aux pizzas qui faisaient son ordinaire. Depuis toujours, elle s'était tenue à bonne distance des préoccupations gastronomiques de French Flavours, l'entreprise *successfull* de son père. Elle dut se mettre à explorer le marché Montorgueil pour en rapporter des amandes fraîches, des tomates confites, des pestos de toutes les couleurs à tartiner.

Jusqu'au jour où il sortit de son sac à dos une bouteille de sauternes…

— À associer plutôt avec du sucré…

— Aïe, je n'avais pas prévu cela !

— Tant pis, restons au rouge. Ce sera pour la prochaine fois. Alors, j'ai réfléchi…

Théo prit son élan pour dérouler un raisonnement.

— Imagine la situation, à Paris, juste avant la guerre. Depuis l'arrivée d'Hitler au pouvoir en 1933, beaucoup d'artistes d'Europe centrale se sont installés en France. Ils connaissent les théories du Troisième Reich sur le « génie aryen », sa doctrine sur l'art, la musique. Ils ont vu les autodafés de livres et de tableaux, à Berlin ou ailleurs. Pour les nazis, la conquête des œuvres d'art était un enjeu politique aussi important que celle des territoires géographiques. Bien avant l'occupation de la France, ils avaient déjà conçu et posé les jalons d'un pillage systématique. Ils voulaient le retour des manuscrits gothiques enluminés, de Rembrandt, Ruisdael, Vermeer. Ils aimaient beaucoup le XVIIIe siècle français, Fragonard, Watteau, Boucher... Hitler voulait créer un gigantesque *Führermuseum* à Linz, dans sa région natale en Autriche. Un musée de « l'art véritable », par opposition à l'art dégénéré.

— *Les Deux jeunes filles* sont d'inspiration fauviste...

— C'est pour cela que je ne crois pas qu'elles soient jamais parties en Allemagne ! La famille Fogarscy avait déjà senti le boulet de l'histoire et elle a certainement quitté Paris avant les pillages dans l'espoir de se cacher en zone libre, ou d'émigrer encore plus à l'ouest, vers les États-Unis ou le Canada. Qu'ont-ils fait à ce moment-là de leur collection de tableaux... C'est cela qu'il faut découvrir.

Théophile fit une vilaine petite grimace qu'elle n'eut pas le temps d'analyser.

— Ce qui est certain, c'est que leur voyage s'est terminé à Auschwitz-Birkenau. Leurs noms figurent dans le *Mémorial de la déportation des Juifs de France*, publié en 1978. Dora et Milan Fogarscy, ainsi que leurs enfants Istvan, Matyas et Hannah sont arrivés par le convoi n° 4, en août 1942.

— Il n'est pas question de Dorothée ?

— Si elle avait survécu, ta grand-mère le saurait ? Elle a certainement cherché à savoir ce que son amie était devenue après la guerre...

Silence. Il n'était plus question d'art, mais de vie, et surtout de mort. Gentiment, Théophile posa sa main sur l'épaule d'Alyssia, qui la recouvrit de la sienne, un peu tachée de peinture. C'est à cet instant-là que leur amitié studieuse changea de registre. L'un et l'autre savaient que cela devait arriver.

Il leur fallut beaucoup de temps, tout un hiver, pour aborder de nouveau le sujet du portrait disparu. Usant et abusant pourtant de tous les prétextes pour continuer à se retrouver au pigeonnier et se serrer l'un contre l'autre devant le spectacle de Saint-Eustache illuminé.

— Je t'ai apporté un côtes-du-rhône, du saint-joseph…

— Olives farcies et roulés de chèvre ? J'ai aussi des financiers en cas de sauternes !

Théophile recommença à faire des comptes rendus de ses recherches. De la même façon méthodique, argumentée, un peu ennuyeuse parfois.

Sous prétexte de mieux comprendre, Alyssia se saisissait de son carnet pour prendre des notes et dessiner, plus que dans la marge, la longue silhouette maigre de Théophile, le revers de sa veste, sa nuque trop longue et ses cheveux trop courts. Ses mains professorales expliquant ce qu'il avait découvert avec un enthousiasme qu'il refusait d'imprimer à son visage. Son sourire aussi, qu'il retenait lorsqu'il la regardait.

— Rien à espérer du côté de la galerie du Faubourg-Saint-Honoré : toute cette partie de la rue est constituée d'immeubles construits bien après la guerre et occupés par des vitrines de grands couturiers.

— Oh, tu y es allé ?

— Comme je te le disais, je ne crois pas à la piste allemande. D'autant qu'on le sait maintenant, beaucoup de gens se sont démenés pour sauver les collections françaises. Des toiles ont été envoyées in extremis à l'étranger, souvent aux États-Unis. D'autres ont été cachées dans des coffres de banques, des greniers ou des caves, où ils ont passé toute la guerre. Par exemple, les Rothschild possédaient une pièce secrète dans leur hôtel particulier de l'avenue Marigny, à Paris, où ils ont entreposé des trésors avant de la murer. L'hôtel a été occupé par les nazis pendant toute la guerre sans que personne ne se doute jamais de rien ! On n'a su tout cela que bien plus tard.

Il piochait dans les olives avec des mines de chat, qu'elle cherchait à reproduire. Un chat à carreaux...

— Il y a eu aussi des prête-noms qui après la guerre ont rendu – ou pas – les œuvres. Et même des fonctionnaires allemands amateurs d'art, comme le comte Metternich, qui ont tout fait pour ralentir et entraver le pillage. Mais le plus extraordinaire, ce sont les collections du Louvre...

La bouteille de saint-joseph était à demi vide, mais le récit ne faisait que commencer. Et Alyssia enchaînait les croquis.

— Dès 1938, un plan d'évacuation du Louvre a été conçu. On craignait, en cas de guerre, le bombardement de ce grand palais si facilement repérable au centre de Paris. Pendant la guerre d'Espagne, le directeur des Musées de France, Jacques Jaujard, avait déjà organisé l'évacuation du musée du Prado vers la Suisse. Alors, quand le danger de l'invasion allemande s'est précisé, les conservateurs ont commencé à organiser en secret le déménagement des collections nationales. Le musée du Louvre, cela représente des milliers d'objets de valeur, de dimensions parfois colossales ; certains fragiles et très anciens, d'autres qui pèsent des tonnes. Il fallait déplacer la *Vénus de Milo*, la *Victoire de Samothrace*, rien de moins !

Théo parlait d'elles comme de vieilles connaissances.

— Dans des caisses de bois fabriquées sur mesure, tout ce qui était transportable a été emballé. Les tableaux ont été décadrés, empilés ou roulés dans du papier d'amiante pour les protéger du feu, avec une autre couche de papier goudronné contre l'humidité. Chaque caisse renfermait un inventaire précis, avec un double déposé aux Archives. Le reste a été descendu dans les réserves, protégé par des sacs de sable.

« Juste avant la déclaration de guerre, des convois entiers de camions ont quitté Paris avec le personnel du Louvre pour rejoindre les châteaux de la Loire, Chambord, Valençay, Sourches, des bâtiments assez vastes pour accueillir les œuvres et le personnel dans de bonnes conditions, loin des bombardements et des nœuds de communication.

« Ces camions étaient tellement encombrants qu'il a fallu parfois, après repérage des itinéraires, couper des lignes électriques, aménager des virages pour les faire passer.

Théo ménage ses effets, et elle, elle suit à la trace ses expressions.

— Quand, en juin 1940, la Wehrmacht entre dans Paris, investit les édifices publics, remplace les drapeaux français par des croix gammées, décrète le couvre-feu et impose l'heure allemande, elle découvre que le plus grand musée du monde est vide de ses trésors !

Alyssia ferme lentement son carnet, s'étire.

— Cela concerne les œuvres du Louvre. Mais pas un petit tableau peint par un inconnu !

— Attends ! Les nazis ont alors réquisitionné le Louvre. Ils ont utilisé les salles vides pour entreposer le butin de leurs pillages, ce qui a offert à Jaujard l'opportunité de garder un œil dessus et de se réapproprier certaines œuvres au passage. Car, selon la convention de l'armistice, seules les œuvres appartenant à des israélites pouvaient être confisquées. Les collections françaises, elles, ne devaient pas quitter le territoire. Dans ce cas on pouvait réclamer leur restitution.

Théo marque un temps d'arrêt, pour vérifier qu'Alyssia l'écoute toujours, maintenant qu'elle ne dessine plus. Il termine lentement son raisonnement.

— Or Jaujard considérait qu'il était de son devoir de sauver les œuvres françaises des griffes des nazis : toutes les collections, tableaux, sculptures, meubles, de toutes les époques, qu'ils appartiennent au Louvre, à d'autres musées, à des propriétaires publics ou privés.

« Cela, tout le monde le savait. Dès la déclaration de guerre, des collectionneurs et des marchands d'art juifs lui avaient demandé sa protection. On avait alors imaginé de simuler des acquisitions antidatées pour qu'elles ne soient plus considérées comme des biens juifs. Deux grandes collections au moins, celles d'un Rothschild et d'Alphonse Kahn, ont ainsi été intégrées aux Musées nationaux. Il y en a sans doute eu d'autres, moins importantes, moins documentées... Pourquoi pas celle de Kallan ? Lui et Jaujard se connaissaient sûrement, et Fogarscy avait déjà sauvé une fois sa collection, juste avant l'Anschluss... Ce n'est pas sûr, mais c'est possible !

D'autres arguments encore, avec les dernières pistaches grillées.

— Par exemple, en 1941 encore, une collection privée s'est fondue incognito dans les trésors du Louvre. On ne l'a su qu'après la guerre, lorsqu'elle a été rendue à ses propriétaires. C'est une histoire rocambolesque, où des négociants véreux venus de Vichy ont engagé une course de vitesse avec les nazis au beau milieu de la Lozère pour mettre la main dessus. Les caisses de meubles précieux, de bijoux, de gravures se sont retrouvées abandonnées pendant quelques heures sur une route de Saint-Chély-d'Apcher. Mais Jaujard, averti, avait envoyé une équipe qui a pu récupérer ces caisses en premier ! Par définition, il n'y a aucune trace officielle de ce qui s'est passé, et les témoins ne sont plus là...

— Et après la guerre ?

— Les collections nationales répertoriées ont réintégré le Louvre. Rien de perdu, rien d'abîmé ! Pendant toutes ces tribulations, les conservateurs et les gardiens ont tenu à jour des inventaires, emballé, déballé, transporté, restauré. Mais pour le reste, il y a eu beaucoup de tableaux perdus : vendus et revendus, décrits différemment, avec ou sans leur cadre, par exemple, ce qui change tout ! C'est parfois très difficile d'attribuer un tableau à un auteur. Au fil du temps, on croit y voir des époques ou des écoles de peinture différentes.

La bouteille de vin était décidément vide. Et les coques de pistache aussi. Saint-Eustache s'éteignit d'un coup. Et ils se retrouvèrent dans l'obscurité, aussi amoureux l'un que l'autre.

23

Ce qui importe par-dessus tout dans une œuvre d'art,
c'est la profondeur vitale de laquelle elle a pu jaillir.
James Joyce

Sept heures entre New York et Paris. À chaque voyage vers la France, à l'idée de retrouver son pays d'origine, Antoine Chamassy avait éprouvé cette sorte de trou béant au centre de lui-même. Ou plutôt au début de son histoire. C'était normal, tous les psys décrivaient ce phénomène, lui avait révélé Vicky.

Dans sa vie bien occupée, il pouvait l'oublier. Mais là, rivé à son fauteuil, ceinture de sécurité bouclée, il essayait de contourner le malaise à coups de whisky, de musique et de films. Comiques si possible, même s'il ne savait pas vraiment rire. Mais rien à faire : il était immanquablement ramené à lui-même. S'assoupir en attendant le service du dîner, à la recherche de souvenirs heureux.

Il lui fallait remonter très loin, jusqu'à l'enfance. La toute petite enfance, où il retrouvait l'image d'Henri. Un grand-père très vieille France, justement, qui lisait son journal au salon, sonnait Agnieszka, la domestique, pour demander un verre d'eau. Qu'il n'avait jamais vu rire, ni en pyjama, ni en famille, ni et ni. Mais qui, quand ils habitaient encore Paris, entrait parfois dans la chambre de son petit-fils, le soir, quand il le croyait endormi, pour tracer une croix sur son front. Ce souvenir-là valait de l'or. Il s'y attarda.

Un grand-père très respectable aussi : blessé de guerre, médaillé de la Résistance française, recevant des gens importants dans son bureau du boulevard Saint-Germain. Agnieszka mettait alors un tablier blanc à volants pour ouvrir la porte.

Une autre image de M. Chamassy lui revenait, enveloppé dans un grand loden gris qui lui battait les mollets. Sur le même boulevard, la canne à la main, soulevant son chapeau mou pour saluer la concierge, l'épicière, les voisins. L'autre de ses grandes mains veinées emprisonnait fermement la sienne, qui devait être toute petite, pour l'emmener marcher le long des quais de Seine, en s'arrêtant de temps en temps devant une boîte de bouquiniste : le petit garçon immobile subissait alors au-dessus de sa tête de longues conversations sur l'histoire de la capitale, le fleuve, sainte Geneviève, la Libération, le général de Gaulle. N'y comprenant rien, évidemment. Mais les mots s'étaient déposés dans sa mémoire, intacts, avant d'être recouverts par d'autres strates. Un demi-siècle après, il les retrouvait. Voilà, quelque chose s'était passé entre eux à cette époque. Quel âge avait-il alors ? Moins de cinq ans, puisque son grand-père était mort en 1962.

Avec le recul, Antoine était certain d'avoir vécu le déménagement pour Montauban comme un arrachement. Peut-être parce que son grand-père était décédé peu après, sans revoyure. Ce « jamais plus » qu'on lui avait signifié un matin était assimilé dans son esprit à la décision de sa mère, à sa toute-puissance sur lui. Était-ce pour cela qu'il n'avait jamais aimé Montauban ?

Plus tard, à la villa Mirasol, si souvent laissé à lui-même – Agnieszka aussi lui manquait –, Antoine s'était fait un butin de quelques photos du grand-père oubliées au fond des tiroirs : un bébé en dentelles sur sa peau de chèvre ; un enfant brun au regard droit ; un étudiant en culotte de golf, conquérant, sur la place du Capitole ; et une photo de mariage : Henri aux côtés d'Henriette, sobres, presque austères. Il usait ses après-midi de vacances solitaires à fouillasser dans les cartons rapatriés de Paris, entassés dans le fond de la serre. Mais c'est seulement maintenant, comme d'égal à égal avec l'aïeul puisqu'il avait dépassé l'âge de sa disparition, qu'il pouvait s'attacher à le comprendre, à comprendre ce qui s'était passé. À comprendre aussi ce manque qui le poursuivait encore aujourd'hui, au moment où sa vie devenait plus douce au côté de Vicky, maintenant qu'il allait lever le pied professionnellement.

Henri Chamassy était le seul homme de la famille qu'il ait jamais connu, et il lui avait toujours servi de modèle. Il y avait de quoi : patriote, brillant chef d'entreprise, pionnier dans la concentration du secteur des assurances. Grand serviteur de l'État, qui avait participé à la création de la Sécurité sociale, au cœur de son premier métier. Mais tout cela ne disait pas comment avait vécu ce veuf de trente ans, exilé à quarante, mort solitaire à soixante ? Il en avait découvert dans ces cartons, pourtant, des archives, des dossiers bien tenus, des notes et des rapports ! Signés de son paraphe, où le C de Chamassy surplombait comme une ombrelle protectrice. Dans sa jeunesse, Antoine avait même assez consciemment reproduit la signature de son grand-père.

Il y avait aussi le journal de bord d'un voyage en Amérique qu'Henri avait effectué dans les années 1950 pour promouvoir les productions françaises. Son petit-fils y voyait les racines de sa propre réussite avec French Flavours. Tellement besoin d'avoir hérité de quelque chose ! Alors, va pour l'esprit d'entreprise, le goût des langues et des horizons lointains.

Mais au-delà ?

Apolline avait brusquement quitté son père et le boulevard Saint-Germain pour partir vivre à la villa Mirasol. Voilà qu'Antoine appelait sa mère par son prénom, à l'exemple d'Alyssia ; en y adjoignant un mélange d'agacement et de distance. Pourquoi ? Savait-elle en partant qu'il était malade ? Apolline, la « fille-mère » – ce mot d'autrefois, il était sûr de l'avoir entendu –, toute sa vie s'était entourée d'ombres, comme de la fumée de ses éternelles cigarettes. Et lui n'avait jamais osé poser les bonnes questions, ni surtout exigé de réponses. À la place, il était parti dans un pays où peu importait de qui on était le fils.

Antoine, bien sûr, savait qu'il avait un père. Non pas parce qu'Apolline le lui avait dit, mais parce qu'à dix ou douze ans, il avait compris que c'était indispensable. À Saint-Théodard de Montauban, institution catholique et bourgeoise, on lui faisait sentir qu'il était mal venu de ne pas en présenter un aux réunions de parents d'élèves.

Apolline portait un nom assez honorablement connu dans la petite ville pour la protéger des médisances, et l'avait transmis à son fils. Mais en quittant Paris, la ville de sa naissance, elle avait définitivement brouillé pour lui la piste paternelle.

Il avait fallu qu'Antoine, devenu adulte, revienne pour affaires dans le quartier des Halles, à Paris, qu'il ose traverser la Seine, en croisant le souvenir des bouquinistes, pour retrouver le boulevard Saint-Germain de sa petite enfance.

C'était Agnieszka, devenue Mme Artrue, qui officiait désormais comme gardienne de l'immeuble. Transformée en matrone plantureuse, et aussi, semblait-il, en dragon. Mais elle avait gardé le culte de « Monsieur », l'ancien patron qui lui avait donné sa chance quand elle était arrivée à Paris après la guerre, fuyant l'avancée des Soviétiques, et se montra toute prête à le transférer sur l'héritier, dont elle avait préparé les bains et soigné les otites à répétition quelque trente années plus tôt.

Antoine, à chaque fois ou presque qu'il revenait à Paris pour affaires, apportait à Mme Artrue un pot de ces cornichons géants qu'on ne trouvait alors que dans la petite Pologne de New York. Agnieszka se laissait donc aller à raconter la vie de l'immeuble, ou ce qu'elle en savait. Ce qu'elle ne savait pas, elle le déduisait, à coups d'aphorismes.

— Il n'y a pas de fumée sans feu...

Elle nourrissait encore de la rancune contre celle qui l'avait précédée dans la loge, cette concierge d'avant-guerre qui avait abandonné toutes les clés dont elle était dépositaire.

— Vous vous rendez compte ! D'ailleurs, c'était une amie de votre ancienne gouvernante, celle qui a volé votre grand-père. Qui se ressemble s'assemble, n'est-ce pas ?

Il lui avait fallu plus longtemps pour lâcher le peu qu'elle savait du père d'Antoine. Sa discrétion céda par infiltrations successives, comme un barrage.

— Hors des liens sacrés du mariage, point de salut… Ah, votre grand-père s'est fâché tout rouge quand il a su que votre mère avait fauté ! Monsieur avait beaucoup de morale. Ce sont les cordonniers les plus mal chaussés, n'est-ce pas ?

Ajoutant, avec une pointe de rancune :

— Ces femmes qui travaillent hors de chez elle…

Antoine en conclut qu'Apolline n'était pas plus aimable avec la concierge qu'avec le reste du monde.

En réalité, Agnieszka n'avait vu qu'une seule fois cet homme, qui raccompagnait Apolline au milieu de la nuit. C'était un type d'Europe de l'Est, qui parlait français avec un accent et paraissait bien plus âgé qu'elle.

— Ceux qui viennent de chez nous, je sais les reconnaître. Bon sang ne saurait mentir !

« Monsieur » détestait aussi les communistes.

Et selon elle, il avait bien raison ! Alors, cet homme qui venait de l'autre côté du rideau de fer et croyait en des lendemains meilleurs… Non, il ne l'avait jamais reçu chez lui ! Chacun est maître en sa maison, n'est-ce pas ?

Ce qu'Agnieszka pouvait affirmer d'une façon certaine, c'est qu'à la fin de 1956, une lettre était arrivée de Hongrie. Elle travaillait toujours chez Monsieur, mais s'occupait aussi déjà de la loge, et du courrier pour l'immeuble.

Une lettre de Hongrie, ce n'était pas si fréquent. Elle avait donc éprouvé la nécessité de faire briller les poignées de porte de l'entrée, face au bureau de Monsieur. Et entendu – par pure inadvertance – la conversation qui s'y déroulait, entre le père et la fille.

— Les murs ont des oreilles !

Mademoiselle pleurait. La lettre avait été écrite par un ami d'Anton Drovic, qui se chargeait de prévenir Apolline du décès de celui-ci, en novembre 1956 à Budapest.

— Vous étiez tout juste né, vous pleuriez dans votre chambre et je suis allée m'occuper de vous. Heureusement que j'étais là, hein ! les chats ne font pas des chiens !

De ce père remonté du fond d'une histoire tragique – car novembre 56 à Budapest, c'était l'insurrection, les barricades et la répression de l'armée soviétique –, Antoine ne possédait donc presque rien ; un prénom francisé – Anton, Antoine –, une peau de roux, sujette aux coups de soleil du Tarn-et-Garonne, et des yeux bleus glacier, souvent perçus comme signe d'étrangeté à Montauban. Les petits bâtards de prisonniers allemands restés après-guerre partageaient souvent les mêmes caractéristiques.

Dans l'avion, un frémissement de plaisir parmi les passagers. Les hôtesses de l'air, enroulées dans d'élégants tabliers au chiffre de la compagnie aérienne, commençaient à servir le dîner.

Bien sûr, jamais il n'avait manqué de rien villa Mirasol. Mais il avait été vraiment malheureux dans son enfance, sans bien savoir pourquoi. Vicky, elle, savait ! La tristesse, l'ennui et le sentiment d'abandon s'étaient peu à peu transformés en colère contre sa mère. Après la mort d'Henri, elle avait aussitôt vendu l'appartement du boulevard Saint-Germain pour acheter les murs de l'hôtel des ventes de la rue du Paon. « Le rêve de sa vie », disait-elle. Et la cause de la fracture entre son fils et elle : une carrière de commissaire-priseur, cela voulait dire passer son temps à courir les ventes, traquer les successions dans la France entière, être toujours sur la brèche, faire des journées à rallonge. Apolline achetait beaucoup, avec une passion pour la peinture du XXe siècle, et gardait souvent, accumulant une collection qui n'intéressait pas son fils. Ce n'est pas de cette façon-là que l'on fait fortune !

Antoine, au contraire, avait eu besoin très tôt de réussite. Et de liberté, le plus loin possible de Montauban. Il avait parcouru le monde, accompagné d'Édith. Puis, repris par le démon familial, travaillé, travaillé, travaillé.

Édith, l'amour de ses courtes années d'études, l'avait suivi à New York, avec tout son enthousiasme et son talent, pour le lancement de French Flavours, compagnie spécialisée dans l'importation de produits gastronomiques européens : le cassoulet de Toulouse, bien sûr, mais aussi le saumon de Norvège ou la *porchetta* italienne, étendue ensuite aux vins et liqueurs, rosé du Roussillon, vieille prune, pineau des Charentes. En ce temps-là, French Flavours était précurseur, et la croissance s'envola.

Au même moment, par inadvertance, une petite Alyssia leur était née. Rousse comme son père, dormant peu et pleurant beaucoup. La vie était alors devenue tout d'un coup insupportable à Édith, qui se sentait emprisonnée dans leur appartement new-yorkais. Antoine n'avait rien compris : un jour, elle était partie pour San Francisco, « un besoin irrésistible de prendre l'air ! ». Elle y avait rencontré un psychanalyste qui promettait de la sauver de tout, et décidé de rester vivre avec lui. Après cet homme, il y en avait eu d'autres. Durant les années d'enfance d'Alyssia, pendant que la petite était ballottée de baby-sitter en baby-sitter, Antoine n'avait eu que très peu de nouvelles d'elle. Édith était morte sept ans plus tard, d'un banal cancer du sein qu'elle refusait de soigner, sans être jamais revenue auprès de sa famille. Antoine Chamassy avait dû ramener à Toulouse le corps de sa femme, dont il n'avait jamais divorcé, avec sa fille sous le bras.

Heureusement qu'Apolline était là ! Trop de silences et de blessures le séparaient de sa mère pour qu'il lui pardonne, mais il devait reconnaître qu'elle s'était montrée alors présente et efficace. De la vieille villa Mirasol de Montauban – qu'il avait, lui, quittée sans le moindre regret – Granny avait su faire pour sa petite-fille américaine une maison de famille. Grâce à elle, Alyssia parlait un français parfait, connaissait ses racines, enfin, au moins une ! Cela lui avait donné à lui le droit de refaire sa vie.

La reproduction des situations le troublait pourtant. Comme si, chez les Chamassy, depuis un siècle, il ne pouvait y avoir jamais qu'un seul parent pour élever la génération suivante : Henri avait perdu son père très jeune, suite à la Première Guerre mondiale. Apolline à son tour n'avait été élevée que par son père, et elle était seule face à son fils. Antoine, abandonné tour à tour par Apolline et par Édith, avait-il réussi mieux qu'eux avec Alyssia ? Il en doutait face aux fragilités évidentes de sa fille, à son refus d'intégrer l'université qu'il était prêt à lui offrir. Enfin, elle semblait maintenant s'accrocher à ses études. Sérieusement ? Il n'en savait rien. Il s'inquiétait toujours pour elle.

24

L'art, c'est le plus court chemin de l'homme à l'homme.
André Malraux

— *Great ! Great ! Great !*

Théophile avait débouché un très bon saint-émilion pour se féliciter lui-même de sa trouvaille.

Il savait presque mieux qu'Alyssia où trouver les verres à pied et le tire-bouchon publicitaire laissés par Antoine dans la cuisine du pigeonnier, du temps où il venait régulièrement à Paris.

Alyssia se mit donc à tartiner du foie gras, acheté à prix d'or dans une épicerie fine puisque cela semblait de circonstance…

— Les bons mots clés, c'étaient « Les deux jeunes filles + peinture + XXe siècle » ! Je l'ai trouvé sur le site d'une fondation consacrée à la recherche des œuvres spoliées durant la Shoah : The Art Loss Register. Pas besoin de te traduire ! Dans l'arborescence, on remonte jusqu'au musée du Louvre. Cela ne peut pas être un hasard !

— Tchin !

Théo triomphait et voulait bien être récompensé tout de suite en tartines de foie gras.

— On a toutes nos chances !

Il avait dit « nos » chances ; elle s'en étonnait à chaque fois.

Elle se pencha sur l'écran du téléphone de Théo. Le scan d'une page à carreaux jaunie, arrachée d'un carnet à spirales, apparut. Une liste copiée d'une petite écriture précise, dont l'encre s'était délavée avec le temps.

Un lot de sept tableaux A.D.
Le Pont de la Concorde 45X29
Les Toits de Paris 45X29
Une Parisienne 25X39
Exil d'automne I 32X20
Exil d'automne II 60X40
Les Deux jeunes filles 61X60
Visages 20X40

— A.D., c'est Anton Drovic, évidemment ! Je ne vois vraiment pas ce que cela pourrait être d'autre…

— Et ce sont exactement les mêmes mesures, chuchota Alyssia. *Great*…

Sous le coup de l'émotion, l'anglais revenait toujours.

— On sait ce que sont devenus les tableaux correspondants ?

Théo fit un effort pour modérer son enthousiasme.

— Non, ce serait trop bien… Ce bout de papier n'est pas extrait d'un registre et n'a rien d'une liste officielle : ni photos ni dates, pas de mention d'origine ou de nom de propriétaire. Il a très bien pu être établi avant la guerre, griffonné par l'auteur lui-même, au moment d'organiser une exposition. Ou par un amateur d'art.

La douche froide, tempérée d'une gorgée de vin.

— Mais tout de même, pourquoi nos *Deux jeunes filles* se retrouveraient dans les archives de Jaujard ? Je traînais en bibliothèque…

Il faisait aussi traîner un peu la suite.

— Quand un de mes profs m'a donné un conseil : chercher à quel ensemble appartient cette note, et sous quelle cote d'archive. Comparer avec ces autres documents, retrouver éventuellement d'autres tableaux qui permettraient de reconstituer une collection…

Et hop, il fit glisser son doigt pour faire apparaître sur l'écran le document suivant.

— Il existe une seconde liste, extraite du même carnet, et présentée de la même façon. Des initiales, des titres, des mensurations. Beaucoup plus longue, mais pas mieux documentée.

Alyssia scrutait les premières lignes

AM/Jeune femme rousse 18X40
ED/ Arabesque 42X60
HM/Couleurs 33X 55…

Alors Théo lâcha son joker, avec le sourire qui allait avec.

— Et si cela fonctionnait comme un rébus ? Si, grâce à la première liste, la seconde liste pouvait se déchiffrer de la même façon ?

Alyssia comprit. Depuis presque un an, elle rencontrait tous les jours ces noms-là en amphi, quand elle se décidait à prendre des notes.

— AM, c'est Amedeo Modigliani ?

Ils continuèrent à jouer ainsi.

— CS, je vote pour Chaïm Soutine ? PB et ED, facile, c'est Pablo Picasso et Edgar Degas. HM, Matisse ! Hum, AD, CM, PC, GB, AR… plus compliqué ?

Théo reprit une mine doctorale.

— On sait donc que ces tableaux ont tous été recensés ensemble et que *Les Deux jeunes filles* correspond au portrait que l'on cherche. Mais existent-ils toujours, et dans ce cas, où sont-ils ? J'ai un scénario à te proposer…

Elle avait eu la même idée et lui coupa délibérément l'herbe sous le pied, en l'embrassant au passage.

— Grâce à Jaujard, *Les Deux jeunes filles* auraient fait partie du déménagement du Louvre ?

— Aucune certitude, bien sûr ! Mais on a déjà épluché les inventaires du Jeu de paume sans rien trouver. Elles ont dû aller quelque part…

25

La peinture est un art, c'est une puissance dont le but doit être de développer et d'améliorer l'âme humaine.
Vassily Kandinsky

Antoine Chamassy se balançait lentement dans son rocking-chair, un *drink* à la main. La beauté printanière de son jardin l'apaisait ; et surtout le plaisir de se tenir sous la véranda traversée d'un courant d'air tiède, sans rendez-vous et sans déplacement à l'horizon. Comme prévu, il avait vendu sa boîte, clamant haut et fort qu'il voulait désormais profiter de la vie. Vick l'approuvait, bien entendu. Il avait gagné le droit d'être heureux, de ne plus se battre sans cesse, de jouir de ce qu'il avait construit, envers et malgré tout. Cette nouvelle maison dans la jolie petite ville de Scarsdale, et le bonheur auprès de Vicky. Sa Vick, toujours sereine, qui prenait soin de lui comme de chacun, et surtout de ne créer aucun problème. Désireuse d'accueillir toute la famille de son nouvel époux. Mais sa mère et sa fille le désiraient décidément fort peu.

Il vérifia une nouvelle fois machinalement l'écran de son téléphone : aucune nouvelle de France où la nuit s'avançait. Il avait espéré qu'avec ses longues vacances universitaires à la française, Alyssia serait venue passer quelques jours à Scarsdale. Il y avait de quoi dessiner ici aussi, bon Dieu ! Depuis que les soucis quotidiens de sa boîte ne l'obsédaient plus, il lui était plus difficile de chasser la déception, voire le ressentiment. Ne surtout pas se laisser aller… Il détestait le gestionnaire en lui qui affichait la liste des manquements de sa fille. Depuis combien de temps n'avait-elle pas téléphoné ? Et s'il oubliait de payer les charges de l'appartement, ou de virer son argent de poche ? Juste un petit signe de sa part, et il aurait fondu de tendresse. Mais non…

Il relança le balancement du rocking-chair, avec un regard panoramique sur la pelouse : première tonte impeccable du nouveau robot rond et vert, les fleurs en boutons, une explosion de verdure sur tous les tons. Il soupira.

Le ronflement d'une voiture. Vick revenant de courses, envoyant un baiser du bout des doigts avant de s'engouffrer dans la rampe du garage. Il s'obligea à fixer fermement le jardin autour de lui pour s'emplir de toute cette légèreté printanière. La tendresse de Vicky ne parvenait pas à combler le trou béant. L'évidence revenait maintenant qu'il avait tout son temps : il lui fallait aller en Europe centrale, comprendre qui était cet homme nommé Anton Drovic, mort à Budapest en 1956 après avoir semé sa propre vie sans le savoir. Ou bien le savait-il ?

Antoine ramassa le téléphone abandonné sur ses genoux, toujours vide de messages.

Depuis combien de temps n'avait-il pas lui-même appelé Apolline ?

— *Helloooo Mom…*

— Allô, allô, j'entends mal, c'est toi, Antoine ? Qu'est-ce qu'il y a ? Décidément, je n'aime pas le téléphone. Figure-toi que ta fille est ici, à la villa Mirasol ! Oui, oui, Alyssia. Tu ne le savais pas ? Allô, allô, répète, je n'entends pas. C'est à cause de ce raffut, je fais démonter la serre du jardin. Ils sont deux : Alyssia a invité un ami. Ah, je ne sais pas ! Mais il est très sympathique, vraiment…

Un fracas de ferraille. Antoine raccrocha brusquement. Malheureux, ulcéré.

Et voilà, il était trop tard.

Sa mère, une fois de plus, piétinait son histoire. Dans les cartons de son grand-père, toujours entassés dans la serre, il y avait peut-être encore des vérités à comprendre. Il le lui avait pourtant souvent répété, qu'il s'occuperait de tout cela quand il serait à la retraite !

Honnête tout de même, Antoine savait bien qu'il se l'était surtout répété à lui-même, puisqu'il n'avait pas mis les pieds à la villa Mirasol depuis bien longtemps.

Qu'avait-il raté, pour qu'Alyssia préfère aller y passer ses vacances plutôt qu'à Scarsdale où l'attendait sa jolie chambre, avec New York à portée de train ? Pourquoi Apolline, si peu maternelle, était-elle devenue une grand-mère comblée ? Avec ce ton enjoué qu'il ne lui connaissait pas. Pendant que lui se retrouvait seul dans son jardin si bien peigné ; lui qui n'avait jamais rien refusé à sa fille. Et surtout pas des billets d'avion.

Pour anesthésier ses idées noires, Antoine se mit à chercher des vols pour Budapest. Et aussi des hôtels de charme, des musées… Il maquillerait sa quête en voyage touristique pour que Vicky ne s'ennuie pas. Lituanie, Lettonie, Tchéquie, Slovaquie… jusqu'à Vienne. Les palais de la monarchie austro-hongroise, l'opéra, la musique, cela devrait lui plaire ! Et puis ensuite, un vol jusqu'à Toulouse. Vicky souhaitait de tout son cœur être présentée à la mère d'Antoine ; c'était lui qui reculait sans cesse l'échéance.

Il se balança plus fort dans le rocking-chair, pour sécher une larme incongrue.

26

L'art est beau quand la main,
la tête et le cœur travaillent ensemble.
John Ruskin

Antoine lui avait raccroché au nez. Apolline posa le téléphone avec un sentiment désagréable. Occasion ratée, malaise ? Décidément, rien n'avait jamais été simple entre eux. Antoine aussi vieillissait, à sa façon ; elle n'osait pas penser « s'encroûtait » dans son *american dream*, dans l'obligation de bonheur entretenue par sa jolie Vicky botoxée. Aïe, ne pas se laisser aller… Elle sourit en se retournant vers Alyssia.

— C'était ton père, mais on a été coupés tout de suite. Il va certainement rappeler…

Car après Noël, c'étaient les vacances de printemps qui avaient ramené Alyssia à Montauban. Et qui plus est, accompagnée. « Granny, puis-je amener un ami ? Cela l'intéressera de vous rencontrer, parce qu'il veut devenir commissaire-priseur ! »

Alyssia ne connaissait presque que la touffeur de l'été dans le Midi : avec cette douceur d'avril, ces lumières plus vives et plus fraîches qu'en juillet, les amandiers en fleur et les oiseaux en concert, la villa Mirasol se présentait en beauté à Théo. Qui s'émerveillait de tout, évidemment.

Hélas, Mme Chamassy venait de se décider à faire démolir la vieille serre rouillée. Et c'était justement cette semaine-là que s'ouvrait le chantier.

Les Parisiens, arrivés la veille au soir, avaient été réveillés dès potron-minet.

Deux ouvriers entassaient dans une benne des mètres cubes destinés à la décharge. Et vlan, un carton de livres qui se désintégrait en l'air, et vlan, un objet non identifié, ficelé dans de vieux journaux, et vlan, du verre brisé atterrissant par-dessus.

— Mais pourquoi démolir la serre ? s'insurgea Alyssia en commençant son petit déjeuner. Elle se découvrait plus conservatrice que sa grand-mère, ou déjà nostalgique des framboisiers qui y poussaient dans son enfance.

— Si je ne le fais pas maintenant, ce sera jamais ! Il n'y a plus de jardinier pour s'en occuper et elle fuit de partout. Autrefois, on se croyait obligé d'entretenir des orangers en pot qu'il fallait rentrer l'hiver. Ensuite, pendant la guerre, elle a servi de potager. C'est fini tout cela ! Et puis tout ce fourbi dont les ouvriers me débarrassent en même temps... Les communs seront dégagés, cela mettra mieux le jardin en valeur. Venez donc dans mon bureau ! De l'autre côté de la maison, nous serons moins dérangés par le bruit.

Tous deux se transportèrent avec leurs tartines, quand l'équipe commença à attaquer les verrières à coups de masse. Bam, bam... Un bruit d'enfer.

— Il paraît que *La Joconde* est passée par Montauban durant la dernière guerre ? attaqua aussitôt Théophile.

— Mais oui ! Et aussi *La Dentellière* de Vermeer, *La Pietà* d'Avignon, le portrait de François Ier par Clouet, *La Bataille d'Eylau* de Gros. Et *La Montagne Sainte-Victoire* de Cézanne…

Pour son chouchou du début du XXe siècle, Apolline avait dans la voix une tendresse particulière.

Baaaam, baaaam, baaaam, la structure s'effondra dans un bruit de tonnerre. Suivi d'une accalmie, enfin. Apolline ne lâchait pas son sujet :

— Mais je ne le savais pas, comme la plupart des gens d'ici ! Nous vivions en vase clos, ignorant ce qui se passait juste à côté, quand nous allions nous baigner dans le Tarn, sur la plage en dessous du musée. Avec l'avancée des Allemands et l'occupation de Chambord, les collections du Louvre qui y étaient réfugiées ont dû fuir vers le sud. Les meubles sont restés dans le Val de Loire, à Sourches et Valençay. Les tableaux se sont retrouvés à l'abbaye de Loc-Dieu, au nord de Montauban. Bien trop humide pour y passer l'hiver. Les gens du Louvre sont arrivés ici, en octobre 1940. Notre musée Ingres offrait d'immenses espaces, déjà équipés, bien protégés des inondations du Tarn, avec une caserne de pompiers à proximité.

Les ouvriers recommençaient à taper comme des sourds.

— Les plus beaux tableaux du monde rassemblés incognito dans cette petite ville ?

Ce jeune Théophile était intelligent, cultivé, intéressé par tout. Apolline trouvait décidément du plaisir à échanger avec lui. Malgré le bruit, ou pour ne pas l'entendre.

— Exactement ! Tout un monde de conservateurs, de gardiens, de menuisiers, de restaurateurs d'art est arrivé à Montauban, avec d'énormes camions réquisitionnés. Nous n'en voyions plus souvent, tant il était difficile de se procurer de l'essence. Après tous ces mois d'errance, ils ont déballé les caisses, pour vérifier l'état des toiles et réparer ce qui devait l'être. Un atelier de restauration a été installé à proximité, dans un petit bâtiment de Saint-Théodard. Certains tableaux y ont été rentoilés, des vernis refaits, des bois renforcés…

Bam, bam, bam…

Théophile jouait décidément au chat et à la souris, avec toutes ces questions qu'il posait d'un air innocent ! Alyssia, qui se sentait elle-même vaguement coupable des recherches clandestines qu'il avait entreprises, ne savait que faire de ce qu'elle était censée ne pas savoir, et surtout des questions que cela soulevait. Et si, comme dans les histoires qui finissent bien, *Les Deux jeunes filles* étaient venues à Montauban, par un incroyable hasard, rejoindre leurs modèles ? Et si elles les attendaient ici, dans un recoin de la vieille ville ?

Sa grand-mère, lancée par Théo sur ce sujet qui la passionnait, était toujours tassée dans son fauteuil, mais arrondissait la bouche, ouvrait ses mains. Rajeunie, souriante, volubile…

Alyssia attrapa son carnet de croquis pour garder une trace de ce moment de grâce.

Bam, bam, bam…

Elle s'égosilla pour relancer la conversation :

— Mais comment sais-tu tout cela ?

— Oh, je l'ai appris bien plus tard ! Quand je suis revenue ici pour reprendre l'hôtel des ventes, avec ton père tout petit, l'atelier de restauration existait toujours, quinze ans après la fin de la guerre. Un vieil ébéniste formidable, qui avait commencé comme apprenti avec les gens du Louvre, l'a repris après leur départ en rachetant le matériel qu'ils ne pouvaient pas emporter. J'aimais bien aller le voir, au milieu de tous ses trésors, la sciure de bois, les parfums de térébenthine... C'est lui qui m'a offert un jour le bouquin de souvenirs d'une conservatrice passée par Montauban. Il doit être quelque part dans ma bibliothèque. Les restaurateurs d'art du Louvre, des experts, ce qu'on faisait de mieux à l'époque, lui avaient appris la recette d'une potion magique, toute simple, pour raviver les couleurs sans abîmer les vernis. Il me nettoyait certaines toiles avant leur passage aux enchères. Je lui ai racheté aussi plusieurs lots de cadres en bois doré, entassés chez lui depuis la guerre. Aucune valeur en eux-mêmes, mais quelle histoire ! Les objets qui ont une histoire se vendent toujours mieux... Je la racontais dans le catalogue !

Alyssia s'attardait maintenant avec son crayon sur les jeux de mains de sa grand-mère, où toute son énergie semblait se concentrer.

— Le dépôt était connu des autorités, car l'accord d'armistice protégeait les collections nationales ; même les Alliés avaient ordre de ne pas bombarder. Le maréchal Pétain, lorsqu'il est venu ici en novembre 1940, y a fait une visite tout à fait officielle. Il a laissé partir une Vierge de Murillo que réclamait l'Espagne franquiste. Les conservateurs étaient furieux, après tous ces efforts faits pour les sauver... L'année suivante, Darlan a fait revenir à Paris la *Diane au bain* de Boucher parce que Ribbentrop avait des vues dessus. Et l'affreux Abel Bonnard a offert à Göring le polyptyque de van Eyck. Un véritable rapt !

Théophile relançait consciencieusement pendant qu'Alyssia crayonnait :

— Le retable de Gand, qui vient d'être restauré ?

La machine à souvenirs repartait aussitôt. On ne parlait ni du portrait disparu, ni de Dorothée, mais l'un et l'autre semblaient pourtant si proches, dans la vibration de la voix de la vieille dame, et dans le langage de ses mains.

— Une merveille des primitifs flamands, trente-quatre tableaux peints sur bois, d'une incroyable finesse. Remplis de personnages, de détails, de symboles. Il faut que vous alliez le voir, quand il sera réinstallé à Saint-Bavon.

— Et pourquoi pas vous ?

— Trop vieille, trop fatiguée…

Bam, bam, bam…

À force de l'observer, Alyssia percevait les changements chez sa grand-mère. Des cheveux blancs moins vivants, les rides plus creusées, la voussure des épaules accentuée ; alors justement que les paroles se faisaient plus précises et affirmées. Que Granny ne s'arrête pas, surtout…

Théo avait décidément l'art de poser des questions.

— Et ensuite, que sont-ils devenus, tous ces tableaux ?

— Oh, c'est toute une épopée ! Quand les Allemands ont occupé la zone libre, en novembre 42, il n'était plus possible d'assurer la protection du musée Ingres. En pleine ville, à proximité d'un pont et des nœuds de communication, vous imaginez ! De toute façon, l'état-major allemand l'a très vite réquisitionné. Le Louvre a dû évacuer de nouveau, réemballer, chercher un nouveau dépôt.

Les ouvriers, maintenant, sciaient les montants désossés de la serre, dans une stridulation insupportable.

— Mais il n'y a aucun bâtiment équivalent au musée Ingres dans tout le Sud-Ouest. Un certain nombre de caisses ont été transportées jusqu'au château de Loubejac, à quelques kilomètres d'ici. C'était très insuffisant. D'autant qu'aux collections du Louvre se sont ajoutées, à partir de 1942, celles des musées de province qui devaient eux aussi être évacués. Nancy, Lyon, Besançon… huit mille cent quatre-vingt-dix caisses, accompagnées de leurs gardiens, ont quitté Montauban sous protection de la gendarmerie vers trente-cinq dépôts différents, disséminés dans toute la région.

— Quelle affaire !

Il ne fallait surtout pas rêver, tout était parti.

Alyssia peaufinait ses dessins, laissant le soin de la conversation à Théo. Il faisait cela si bien…

— Vous avez aussi de belles choses ici, madame !

Apolline, toujours assise, présenta obligeamment à Théo les tableaux qui occupaient tous les murs de son antre.

— Je vis avec eux depuis si longtemps, ils me consolent…

— Ici, c'est un dessin de Balthus. Une des nombreuses esquisses préparatoires à sa série de *Femmes à la toilette*. C'était dans une petite vente, par un froid glacial, il n'y avait presque personne pour surenchérir… J'ai eu une chance folle de gagner l'enchère !

Un luxe de commentaires qu'Alyssia n'avait jamais entendu.

— Ce paysage fauviste, il est de Derain, n'est-ce pas ?

— Bien vu ! Je me le suis offert en travaillant sur une succession dans la Nièvre. Je cherchais tout autre chose et j'en suis tombée amoureuse. Je ne l'ai jamais remis en vente. Et reconnaissez-vous Pierre Le-Tan ? Tellement poétique ! Les débuts de l'artiste, un dessin au pastel des années 1970, très travaillé.

— Vous avez couru les ventes dans toutes les régions de France ?

— Oh oui ! Je crois que je connais tous les particuliers collectionneurs d'œuvres du XXe siècle. Pas les plus grands, bien sûr. Mais ce n'est pas non plus ce que je cherchais.

— Que cherchiez-vous, madame ? demanda poliment Théophile, en la regardant dans les yeux.

Apolline se troubla un instant sous leurs regards conjugués.

— Le passé, bien sûr. C'est toujours ce que l'on recherche dans les antiquailleries, n'est-ce pas ?

Et changeant brusquement de sujet :

— Je ne suis pas la première collectionneuse de la famille : il y a aussi cette vitrine entière de bronzes rassemblés par ma grand-mère. Elle n'avait pas toujours mauvais goût ! Un mélange d'horreurs du XIXe et de choses tout à fait intéressantes, comme ce petit cheval en mouvement, vous voyez, là, dans la vitrine ?

Ils admirèrent ensuite plusieurs dessins d'Alyssia, dont une copie du portrait disparu qu'Apolline avait récemment encadrée et ajoutée sur ses murs.

Sa petite-fille sentit monter l'émotion en le découvrant.

— Et ça, c'est l'adoration d'une grand-mère ! avait conclu Théophile en riant.

Apolline semblait fatiguée.

— Vous devriez aller vous promener, loin de tout ce bruit ! Mon auto ne prend plus jamais l'air de la campagne...

Alyssia possédait un permis de conduire américain depuis ses seize ans. Mais jamais sa grand-mère ne lui avait proposé sa voiture.

— Elle est jolie, cette ferme de Caussède que tu as vendue quand Papa était petit ? Il m'a raconté qu'il aimait bien y aller...

Apolline fonça tout droit dans le piège.

— Oh oui, c'est un bel ensemble traditionnel de la région, qui vaut le coup d'œil. Et ce n'est pas très loin !

27

L'art est fait pour troubler.
Georges Braque

À peine reparti, le jeune couple s'annonçait de nouveau pour l'aqueduc de la Pentecôte. Apolline n'avait jamais oublié ce que cela signifiait d'impressions, de couleurs et de senteurs, que d'arriver de Paris par le dernier train de l'après-midi pour une soirée longue et douce. Elle s'en réjouissait pour eux : la météo était parfaite et les clématites du jardin ouvertes. À la place de la serre, la pelouse avait commencé à pousser.

— Ça ne vous ennuie pas Granny ? Si vous êtes toujours d'accord pour nous prêter la voiture, bien sûr. Théo ne connaît pas du tout le Sud-Ouest, c'est l'occasion d'aller faire un petit tour vers le Lot.

— Merci, madame, de nous permettre cela…

Ce garçon était décidément très bien élevé.

Mais c'était lui, manifestement, qui embarquait le duo dans cette virée touristique. Apolline regrettait un peu de les voir partir aussitôt arrivés, mais s'éprouvait en même temps soulagée de pouvoir se reposer.

Cela devait se voir, car Alyssia vint serrer dans ses bras sa grand-mère. Furtivement, comme en s'excusant. « Jamais cela n'est arrivé », se dit-elle en se laissant faire.

Deux bras s'agitant joyeusement à travers les vitres ouvertes. Ils étaient partis ! Alyssia au volant de la petite voiture et Théophile, vêtu d'une drôle de vareuse, dans le rôle du navigateur, le nez sur son téléphone. Amoureux, de toute évidence.

En passant la grille de la villa Mirasol, ils tournèrent en direction du nord, vers Montpezat-de-Quercy.

— Route de Cahors, ordonna Théo.

L'autoroute franchit une petite rivière et pénétra dans le département du Lot.

— Et maintenant ?

— Direction Rocamadour. Les collections nationales ont quitté le musée Ingres pour aller vers la haute vallée de la Dordogne.

Même sur le parcours aseptisé de l'A20, l'été explosait dans les causses du Quercy. Murs de pierres sèches et champs de lavande bleue, parfum puissant des foins déjà secs et crissement des grillons. Ils s'emplissaient de tout cela, silencieux, un peu émus. *Les Deux jeunes filles* avaient-elles parcouru la même route, un demi-siècle auparavant ?

— Les conservateurs du Louvre, en cherchant de nouveaux dépôts, devaient réunir plusieurs critères : il fallait des bâtiments assez spacieux et hauts de plafond pour accueillir les gigantesques caisses, avec des ouvertures suffisamment grandes pour qu'elles puissent y rentrer.

— Cela s'appelle des châteaux, en fait ?

Théophile sourit à Alyssia. Il voulait bien qu'elle se moque de lui, tant que se jouait entre eux cette alchimie silencieuse qui les comblait.

— Oui, des châteaux, des maisons de maître, de grosses granges… Dans des lieux assez éloignés des villes pour éviter les bombardements, mais accessibles pour des camions. Pas trop près non plus des grandes routes, pour ne pas tenter les Allemands. Il fallait aussi qu'il y ait de l'eau à proximité en cas d'incendie. Mais surtout pas d'humidité, les tableaux ne supportent pas. J'ai une liste…

On abordait la route départementale, étroite et sinueuse. Même si elle était prête à suivre Théo jusqu'au fin fond de ce magnifique bout du monde, elle avait un tout petit peu peur.

Laissant Rocamadour à l'est, ils quittèrent le parc naturel des Causses par une étroite vallée. Des routes où il était impossible de se croiser, bordées de charmants et dangereux murets de pierres sèches ; traversant et retraversant sans cesse la rivière Dordogne, enroulée ici en multiples méandres.

C'était si beau, si différent de ce qu'ils connaissaient. Éblouis par le paysage, ils en auraient presque oublié ce qu'ils étaient venus chercher.

Des forteresses juchées sur des pitons, aux épaisses murailles déchues depuis la guerre de Cent Ans. Des villages de cartes postales, pierres blanches et fenêtres fleuries, des points de vue magiques sur la rivière verte, avec leurs canoës de vacanciers qui s'interpellaient à fleur d'eau. Un millefeuille d'histoire et de géographie.

Alyssia aurait voulu pouvoir sortir son carnet de croquis, ne rien laisser échapper de l'harmonie du paysage nouveau qui se découvrait à chaque tournant, ce troupeau de moutons, l'alliance des maisons avec la falaise, l'intensité des couleurs au soleil. Tout cela dans une odeur de melons et de tomates un peu trop mûres qu'Apolline, au dernier moment, avait imposés à l'arrière de la voiture.

— Je commence à avoir faim...

— C'est prévu ! On va s'arrêter à Montal...

La petite Volvo grimpa la colline bien ordonnée du musée de Montal, à travers un paysage de parkings et d'aires de pique-nique aménagées.

— Stop ! Avec vue sur un joyau de la Renaissance !

Ils étaient au pied du grand château magnifiquement restauré, où travaillait une armée de jardiniers en uniforme.

Alyssia, moqueuse :

— Si *Les Deux jeunes filles* traînaient par ici, ça se saurait ?

— Tu voulais déjeuner ? Je t'offre le décor ! Sache que *La Joconde* a passé deux ans de vacances ici, avec tout le département des peintures du Louvre.

— Pardon, pardon, à table !

Théophile tapota son téléphone

— Avec les noms des dépôts utilisés pendant la guerre, il y a des listes de ce qui y a été déposé.

— Oh ! il y a *Les Deux jeunes filles* ?

— Non, évidemment ! Seules les œuvres les plus importantes sont mentionnées. Mais il y a une foule de tableaux « sans titre », « origine inconnue », « anonyme », ou « peinture moderne ».

— Donc, elles étaient sur la liste au départ, mais pas à l'arrivée ?

— Voilà ! on va donc chercher où elles ont pu se perdre en chemin...

En plus de la façade ouvragée du XVIe siècle, les tartines de pâté et les parfums du printemps les comblèrent.

— Tu conduis ? Je voudrais photographier...

Au volant, Théophile poursuivit son petit cours.

Elle ne s'étonnait plus de son sérieux. Au contraire, s'appuyait dessus pour vivre à sa manière à elle, qui l'était si peu. Elle lui faisait confiance, avec son calme et sa ténacité. Et il s'exécutait à chaque fois qu'elle le suppliait de s'arrêter un instant, parce que « c'est trop beau ! Je prends une photo ! ».

Plus tard, elle essaierait de restituer ces splendeurs sur son carnet. En attendant, elle tournait une nouvelle page, levait son crayon, regardait Théo.

Cette manière qu'il avait de réfléchir en rejetant en arrière ses cheveux...

Petit croquis des doigts dans la mèche, qui cachait son expression, mais augmentait son charme.

Dans la chaleur montante de la mi-journée, la route se rétrécissait toujours plus, jusqu'à un minuscule pont de fer sur la Dordogne, presque une passerelle.

— Les chars allemands ne risquaient pas d'arriver jusque-là ! Voilà le château de la Treyne, où s'est réfugié tout le département des Antiquités égyptiennes du Louvre. Aucune chance d'y trouver ce qu'on cherche, mais il reste en souvenir une « chambre du scribe » où je me laisserais bien enfermer ! Tu la connais, cette statue d'un scribe assis en tailleur, avec un rouleau de papyrus sur les genoux, daté de 2500 avant notre ère ? Il est venu d'Égypte, est passé par ici, au fond du Lot, avant de rejoindre le premier étage du Louvre. Fascinant !

Alyssia n'avait pas la même fine connaissance du musée que Théophile, qui l'arpentait depuis ses quinze ans. Mais elle le croyait sur parole : elle aimait être là, voir de belles choses à travers tout ce qu'il savait. Prête à rendre visite au scribe, et à toutes les merveilles de la vie. D'autant qu'il avait l'air tout aussi content.

La voiture attaqua l'autre versant de la vallée, et Théo poursuivit :

— Les pièces les plus importantes étaient mises à l'abri dans des forteresses bien gardées, comme Montal ou la Treyne. Mais tout le reste, les choses mineures, a été réparti à travers toute la région, à Lanzac, Vayrac, Bétaille, Carennac... jusqu'à Hautefort ou La Poujolle, dans le département voisin de la Dordogne, sous la surveillance de gardiens.

Il ralentit, les mains sagement posées sur le volant :

— La semaine dernière, j'ai pris mon téléphone et j'ai appelé au hasard des gens ayant encore un téléphone fixe dans toutes les communes de ma liste. En me disant qu'ils étaient forcément âgés et installés là depuis longtemps.

— Et alors ? Tu leur as demandé s'ils avaient un tableau représentant deux jeunes filles accroché au mur de leur salon ?

— Presque ! Genre : « Savez-vous si, pendant la dernière guerre, des œuvres d'art ont été cachées à proximité de chez vous ? » Entre ceux qui ne comprenaient rien à ce que je voulais, ceux qui n'étaient pas encore nés à l'époque, ceux qui croyaient que je voulais leur vendre des tableaux, ceux qui n'avaient pas le temps et ceux qui en avaient trop, j'ai fait chou banc.

— ???

Théophile ménageait son effet :

— Et puis il y a eu une dame… à Queyssac, justement ! On devrait voir bientôt le panneau. On tourne, oups, c'est raide…

— Alors, raconte ?

Il prit une voix de vieille dame, dotée d'un chaleureux accent occitan.

— « Bien sûr que je me souviens du passage du Louvre ! J'ai vécu toute la guerre ici, avec ma mère et ma sœur, pendant que mon père était prisonnier. Vous voulez venir me voir ? Avec plaisir, mais alors dépêchez-vous ! Mes enfants ne veulent plus que je reste seule ici, alors je vais emménager dans un petit appartement à Bordeaux. C'est sûr, la vie sera plus simple… »

Voilà, c'est pour cela que j'ai insisté pour qu'on fasse toute de suite cette virée.

Ils n'étaient pas encore au bout de leurs peines, dans ces causses quasi désertiques, aussi étranges que splendides. Les lacets de la petite route se resserraient, avec des à-pics vertigineux, chauffés à blanc par le soleil. Juste un parfum d'aventure pour Théo ; mais un peu de vertige pour Alyssia.

Enfin le panneau *Queyssac* annonça un gros village accroché à flanc de coteau, avec vue plongeante sur la Dordogne.

C'était l'heure de la sieste, pas âme qui vive dans les ruelles. Ils se garèrent devant une grosse maison aux volets ouverts – il n'y en avait pas tant que cela – et Alyssia alla frapper à la vitre d'une cuisine.

— Un château ? Mais il y en a trois sur la commune, ma petite demoiselle !

Théophile, consulté, fut catégorique :

— Le nôtre, c'est forcément le plus gros, le plus isolé, avec un point d'eau à proximité.

Va pour celui qui était loin du village. Encore quelques tournants impossibles, et ils stoppèrent. En côte et dans un tournant, sur le seul talus disponible. Découvrant seulement après qu'il fallait encore parcourir une longue allée de tilleuls pour apercevoir enfin le château, posé tout au bord de la falaise, avec d'immenses granges, pourvu de portes monumentales et d'un bassin au centre de la pelouse.

Tous les critères étaient cochés ! Sans doute éprouvaient-ils la même satisfaction que les envoyés du Louvre quand ils avaient découvert les lieux, en 1942.

Tous deux se forcèrent à remonter l'allée d'un pas posé, alors qu'ils auraient voulu courir vers leur but. Théophile avait des manières de jeune homme bien éduqué comme les aiment les Français, et Alyssia se mit dans sa roue.

Un chien de berger les accueillit en aboyant, et sur ses talons une vieille dame, canne pointée à la main.

— Couché ! Alors, c'est vous les jeunes qui vous intéressez à l'histoire ? Bravo, il ne faut pas oublier… Alors, qu'est-ce que vous voulez voir ?

En réalité, elle-même savait très bien ce qu'elle voulait montrer ou raconter.

On passa par une grande cuisine noire où rien ne semblait avoir bougé depuis des siècles. « Ça y est ! » se dirent-ils en se comprenant du regard. Ils y étaient ! Ils entraient ensemble dans la grande Histoire !

— Quand l'arrêté préfectoral de réquisition nous a été envoyé, ma mère était très contente d'avoir le Louvre chez elle ! Et de toucher l'indemnité, plusieurs milliers de francs, je crois. La présence des gardiens était une protection. Aussi bien contre les Boches que contre les maquisards qui vivaient dans les bois autour et se servaient volontiers chez l'habitant, en nourriture et matériel. Toutes les trois, ma mère, ma sœur et moi, nous avons été confinées dans deux pièces, avec l'ancien cabinet de toilette dans la tour qui nous servait de cuisine. Le Louvre occupait l'essentiel du château, et certains gardiens couchaient sur place, pour assurer la permanence. Je me souviens d'un certain Albert, qui était très gentil avec nous. Mais à la longue, nous trouvions quand même la cohabitation un peu pesante !

La vieille dame, avec sa canne qui résonnait sur les parquets cirés, les précéda ensuite dans de hautes pièces à boiseries et plafonds à caissons, qui regardaient la Dordogne en contrebas, enchâssée dans ses berges vert printemps.

Alyssia se serait volontiers posée quelques heures sur cette terrasse, avec son carnet et ses couleurs.

— Vous voyez, quand ils sont arrivés avec leurs camions, ils ont commencé par démolir ces deux portes-fenêtres pour faire entrer leurs énormes caisses. Et surtout pouvoir les sortir aussi très vite, en cas d'incendie.

Elle marchait lentement à travers les pièces, comme si elle se promenait dans ses souvenirs. Toc, toc, faisait la canne, en soulevant un petit nuage de poussière ensoleillée qu'Alyssia respirait avec bonheur. Le parfum de la maison ! Tous deux suivaient respectueusement, avec l'impression d'escorter la Mémoire.

— C'étaient d'immenses boîtes de bois blanc, avec des inscriptions peintes dessus au pochoir. Et puis il y avait des points : un, deux ou trois points, de couleurs différentes. J'ai appris plus tard leur signification : les « trois-points », c'étaient les colis les plus précieux, qui étaient alignés ici, dans le grand salon, le billard, le vestibule...

— Vous n'avez jamais été tentée de regarder à l'intérieur des caisses ?

— Vous savez, j'avais cinq ans quand le château a été réquisitionné, et j'étais une enfant plutôt obéissante. Il n'était pas question de s'en approcher, c'étaient des trésors nationaux, tout de même ! Je me souviens encore du pas des gardiens qui se relayaient jour et nuit pour faire la ronde.

— Alors, vous ne savez pas du tout ce que vous avez hébergé ?

Alyssia ne cacha pas sa déception.

— À l'époque, bien sûr que non. Les toiles étaient invisibles, roulées dans des caisses clouées. Mais quand les archives de la Seconde Guerre mondiale se sont ouvertes, et que les historiens ont commencé à travailler là-dessus – il y avait des centaines de pages d'inventaires ! –, je m'y suis intéressée, bien sûr. Je suis même allée à Paris, au musée, pour voir de près ces toiles qui avaient passé deux années au secret chez nous. Vous imaginez ! Se retrouver devant *Les Noces de Cana* de Véronèse, *L'Adoration des bergers* de Georges de La Tour, ou *Napoléon sur le champ de bataille d'Eylau* d'Antoine-Jean Gros... Des merveilles que nous avions côtoyées sans le savoir ! Je les connais par cœur maintenant, grâce aux reproductions. Vous voulez voir ma collection personnelle ?

La vieille dame, avec un clin d'œil, désigna un grand cadre doré, magnifique, où étaient disposées les cartes postales des œuvres citées.

— Cela me suffit bien !

Ils la suivent vers les grandes portes-fenêtres et le soleil au dehors.

— Les ouvertures sont restées après leur départ. Même si ce n'est pas dans le style du château, cela donne plus de lumière et de vue, n'est-ce pas...

La canne se leva pour désigner la rivière.

— Vous voyez le pont suspendu, sur notre droite ? On m'a toujours dit qu'il était trop étroit pour laisser passer les blindés allemands, ce qui nous protégeait d'une invasion. Mais en réalité, le danger est venu du ciel : en août 1944, les forteresses volantes américaines sont arrivées. Alors les gens du Louvre ont tracé sur les dalles de la terrasse « Musées Nationaux » à la peinture blanche, en grosses lettres capitales. Depuis, on a beau frotter tous les ans, certaines sont indélébiles !

Ils tentèrent de déchiffrer d'imperceptibles réseaux de taches un peu moins brunes que les autres, mariés à la mousse des pierres. Comme si ce secret pouvait ouvrir sur un autre.

La dame, à tous petits pas, les emmena ensuite vers la pelouse, jusqu'à un bassin vide, entouré d'une jolie margelle sculptée.

— On craignait autant l'incendie que les Allemands ! Ici, autour du bassin, il y avait une roseraie qu'ils ont arrachée pour construire une cabane et abriter leur motopompe. Presque chaque semaine, les gardiens faisaient des exercices anti-incendie que nous regardions ma sœur et moi depuis la tour. Ça ne marchait pas toujours… Ils avaient installé aussi un paratonnerre sur le toit et des sacs de sable dans le grenier. Qui y sont toujours d'ailleurs. Si vous voulez les voir, montez tout seuls, ce n'est plus de mon âge !

Mais Théophile avait les yeux rivés sur la porte cochère d'une immense grange, tout au bout de la pelouse.

— Et là-bas ?

— Là-bas, ils stockaient les caisses « un-point », qui avaient moins d'importance. Et il y avait un dortoir dans le grenier, pour les gardiens…

Alyssia comprenait très bien ce qu'il pensait : des œuvres moins importantes, qui sait, oubliées dans un coin ? C'eût été merveilleux…

Il détourna le regard, partagé entre l'envie d'apporter ce beau cadeau à Alyssia, et la minceur de l'espoir.

La vieille dame continuait à dérouler ses souvenirs, très loin du portrait disparu.

— Au début, les gardiens étaient des employés des Musées de France venus de Paris, arrivés quelquefois avec toute leur famille, qui logeait alors au village. Mais certains d'entre eux se sont assez vite évanouis, comme mon ami Albert. On a su pourquoi plus tard : c'était des Juifs qui avaient été envoyés là pour se mettre à l'abri. Avec l'aide de la Résistance, ils rejoignaient ensuite l'Espagne par les Pyrénées. Ah, il s'en est passé des choses dans nos bois...

De la terrasse au bassin, de la lisière des bois jusqu'aux berges de la Dordogne, tout un univers se reconstituait.

— Le chef de dépôt, qui était logé à la Treyne – vous connaissez le château de la Treyne ? – a été obligé de recruter des garçons du pays pour les remplacer. Une façon pour eux d'échapper au STO, n'est-ce pas ? Mais ce n'étaient pas des professionnels, ah non ! Il y a eu des accrochages avec leur hiérarchie, des petits vols... Là-haut, dans le grenier à foin, ils ont abîmé, laissé des inscriptions, des cochonneries dans tous les coins. Je ne vais pas vous raconter cela, à vous qui êtes si bien élevés...

— Vous nous permettez quand même d'y jeter un coup d'œil ?

— Vous ne verrez rien ! On a longtemps repoussé le moment de remettre en état cette grange, et puis mon fils s'en est enfin occupé. Un brocanteur du coin, un peu antiquaire sur les bords, est venu enlever tout ce qui traînait encore. Les travaux ont commencé. Vous comprenez, maintenant que je dois m'en aller, il faut quand même quelqu'un sur place ! Mon fils a l'intention d'installer des locataires...

Théo regarda Alyssia, navré.

Mais ce n'était pas tout à fait grave, parce qu'ils avaient trouvé autre chose ici. Une manière de faire équipe ensemble. Ensemble, ils admirèrent le château, son cirque de grands arbres, la paix et le silence alentour. Que *Les Deux jeunes filles* aient séjourné ici ou non, ce serait un beau souvenir.

La vieille dame revint lentement vers le perron.

— Et puis la Libération est arrivée, mon père est revenu ! Il a fallu attendre octobre 1945 pour récupérer toute la maison. Je me rappelle le défilé des camions dans notre allée, qui venaient prendre livraison des caisses. Moi qui à sept ans n'avais presque connu que la guerre et les pénuries d'essence, je n'en avais jamais vu autant ! Venez, vous allez bien boire quelque chose avant de repartir ?

28

Toute forme d'art est une tentative pour rationaliser un conflit d'émotions dans l'esprit de l'artiste.
Robert Graves

Huit heures du matin à Toulouse-Blagnac. La lumière violente du matin d'été sur le tarmac les éblouit. Antoine et Vicky s'engouffrèrent dans l'aéroport. Décidément, il ne supportait plus aussi bien qu'autrefois les nuits d'avion.

Comparée à leur Buick, la grosse Renault de location qui les attendait semblait étroite et inconfortable ; et la climatisation fonctionnait mal.

— OK ?

Vicky lui sourit, regardant tout autour d'elle avec gourmandise. Hormis un court séjour à Londres en hiver, jamais elle n'était venue en Europe.

— *Marvellous*...

Antoine était inquiet. La veille au soir, il n'avait pas réussi à joindre sa mère au téléphone pour annoncer leur heure d'arrivée. Elle n'avait pas non plus accusé réception de son message.

Le soleil rose du matin, une petite heure d'autoroute, ponctuée de stations-services et de centres commerciaux entre lesquels il retrouvait des détails d'autrefois, ce pigeonnier de briques monté sur ses arcades, maintenant perdu entre deux échangeurs, ou des moutons broutant sur une colline depuis toujours; au loin sur la crête, il y avait toujours la ligne de chênes-lièges...

— *So nice!*

Et voilà, on rejoignait les berges du Tarn, on était presque arrivés. Tous deux se taisaient, oubliant même de s'adresser les petits signaux destinés à se rassurer l'un l'autre. Pendant que Vicky se remaquillait dans le miroir du pare-soleil, Antoine descendit de voiture pour secouer la grille de la villa Mirasol. Verrouillée, pas très accueillante... Ils se garèrent un peu plus loin dans la rue, renonçant à transporter leurs bagages. Vicky lui prit la main.

Une colère irrépressible le prit, venue du fond de lui-même, en contournant la maison. L'œil désormais allait de la terrasse aux berges vertes du Tescou sans s'arrêter. À la place de la serre, une pelouse tout juste ensemencée. Sa mère piétinait ses souvenirs, et le savait.

— Bonjour!

Une jeune femme en blouse les hélait du haut du perron.

— Vous êtes monsieur et madame Chamassy, les enfants de Mme Chamassy? Elle vous attendait...

Vicky ne comprit rien à ce qu'elle disait dans un français chantant qui s'alanguissait sur les finales. Elle se fit expliquer par Antoine:

— Cette dame s'occupe de ma mère, qui est malade, paraît-il... Nous allons nous installer, la chambre n'est pas prête mais on se débrouillera. J'irai la voir après.

— Mais non, va lui dire bonjour tout de suite. Je vais aller me promener en attendant.

Vicky était décidément de bonne composition !

Munie des indications de son mari, elle partit vers la vieille ville pendant qu'Antoine toquait à la porte de sa mère.

Vicky se mit à la recherche d'un plat cuisiné pour leur déjeuner. Cela ne semblait pas prévu et le petit déjeuner dans l'avion était déjà très loin.

Il n'y avait qu'une boulangerie dans le quartier, et pas tout près : elle désigna du doigt les trois parts de quiche qui restaient. Elle marcha encore un grand moment au hasard jusqu'à ce que ses escarpins n'en puissent plus.

Revenue dans la maison silencieuse, elle essaya de comprendre comment fonctionnait la cuisinière antique, ne put s'empêcher de frotter le bois encrassé de la table, y ruina son vernis à ongles, Cela durait, durait… Elle avala sa quiche toute seule puisque Antoine ne réapparaissait pas ; puis monta sur la pointe des pieds s'attribuer une chambre, chercha sans trouver où prendre une douche, prépara un lit comme elle pouvait, avec de lourds draps de métis, et s'endormit dessus, épuisée du voyage et des émotions.

Quand elle se réveilla, en nage, Antoine était là. La chaleur ne baissait pas malgré les persiennes fermées, les mouches vrombissaient à travers la pièce.

Il s'assit sur le lit et lui prit la main.

— Je suis arrivé furieux, j'ai commencé à demander des explications sur la serre. Maman était disposée à parler. On a revisité toute sa vie.

La voix d'Antoine tremblait.

— Maman a le même cancer du pancréas que son père, avec vingt ans de plus. Comme elle a refusé la chimio, elle n'a aucune illusion…

Vicky ne voulait pas pleurer à cause de son maquillage. Elle ferma les yeux très fort pour écouter Antoine et oublier l'étuve qu'était cette maison.

Dans ce qu'Apolline avait raconté, il y avait ce qu'il savait, ce qu'il ne savait pas du tout, ce qu'il avait perçu et ce qu'il voulait absolument savoir, dans le plus grand désordre.

Le long tunnel après la disparition de Dorothée, l'amie chérie. Une forme de dépression, dirait-on aujourd'hui. Le retour à Paris, l'incapacité à oublier ; l'art qui l'avait sauvée et lui avait donné un métier. Et puis la réapparition d'Anton Drovic, en 1954.

Antoine parlait d'une voix basse, sans se perdre dans les détails, mélangeant des mots de français à son anglais habituel.

— Mon père a été arrêté par la police française à l'été 1940 en même temps que les Fogarscy, au moment où ils s'apprêtaient à quitter la France. Ils venaient juste de recevoir leurs visas et les billets réservés sur le *Saint Louis*, qui reliait encore Lisbonne à New York. Il était prévu qu'ils rejoignent Dorothée à Montauban pour partir tous ensemble, via les Pyrénées et l'Espagne.

« Interné au camp de Beaune-la-Rolande où l'on rassemblait les Juifs étrangers, il a fait partie du même convoi pour Auschwitz-Birkenau. À l'arrivée, Dora et les enfants ont été séparés d'eux. Milan Fogarscy est mort du typhus peu après au « petit camp des hommes ». Lui, plus jeune, plus manuel, a été employé aux cuisines et nourri presque à sa faim.

« Ce sont les Soviétiques qui ont libéré le camp, en 1945. Ils l'ont rapatrié à Budapest, où ses droits de citoyen hongrois lui ont été aussitôt rétablis. Incapable de peindre – il n'avait plus tenu un pinceau depuis *Les Deux jeunes filles* en 1939 –, il a gagné sa vie pendant plusieurs années comme responsable administratif d'un atelier de peinture à Buda. Espérant qu'après les malheurs du fascisme, le communisme apporterait des jours meilleurs. Le rideau de fer qui s'était abattu sur l'Europe ne le dérangeait guère.

« En 1952, il a fait un premier voyage à l'Ouest, sous le prétexte de rapporter les collections des Fogarscy à l'État hongrois même s'il était persuadé de ne jamais les retrouver. Il a revu Apolline, devenue une femme. Tous deux avaient en commun les mêmes souvenirs heureux, restaient blessés par le même drame, cela les a rapprochés. Il n'y avait même que l'autre pour comprendre ce que chacun avait vécu : ils se sont serrés l'un contre l'autre dans leur solitude, et Anton a promis de revenir définitivement.

« Mon grand-père était devenu farouchement anticommuniste : impossible pour Apolline de présenter son amoureux à M. Chamassy. En pleine guerre froide, celui-ci mettait toute sa passion de la politique dans ce combat-là.

« Mais elle l'a attendu. Et en 1955, il a tenu parole. Anton et Apolline se retrouvèrent dans l'hôtel de seconde zone où il descendait, du côté des Halles.

« C'est là que j'ai été conçu...

« Anton était de moins en moins libre de voyager. Il ne croyait plus aux lendemains qui chantent. La prochaine fois, c'était certain, il reviendrait pour toujours.

En novembre 1956, je venais de naître quand Apolline a reçu la nouvelle de sa mort. Jamais elle n'a su dans quelles circonstances. De quel côté des barricades de l'insurrection hongroise se trouvait-il ?

29

Une œuvre d'art, c'est le moyen d'une âme.
Maurice Barrès

Alyssia avait reçu un appel de son père. Une voix de basse, retenue, comme pincée ; et oui, peut-être même tremblée. En général, il affirmait haut et parlait fort.

— Ce serait bien que tu viennes à la villa Mirasol. Oui, tout de suite. Tes derniers cours avant le concours ? Tant pis, attrape le premier train que tu trouveras. Et donnes-moi ton heure d'arrivée, je viendrai te chercher.

Son père l'incitait à sécher ses cours ! Jamais elle n'avait vu cela. De quoi lui faire peur.

Antoine et Vicky étaient à Montauban depuis plusieurs jours. Un voyage en Europe prévu de longue date, semblait-il. Maintenant qu'ils avaient le temps ! Ils ne connaissaient même pas Vienne, ni Budapest, ni Saint-Pétersbourg... Ils faisaient d'abord un petit crochet par la villa Mirasol.

— Ta grand-mère a insisté pour que nous venions. Depuis le temps que je dois lui présenter Vicky !

Alyssia avait peine à imaginer Granny implorant son fils de lui rendre visite ; et encore plus Vicky à la villa Mirasol. Comment Apolline allait-elle supporter son baragouin français, ses grandes démonstrations d'affection, ses minijupes ? Et comment Vicky, avec ses habitudes américaines, réagirait-elle aux sommiers défoncés, à l'absence d'air conditionné, aux longs repas dans la salle à manger sombre ? En plus, Vicky était végétarienne, au pays du cassoulet et du canard confit, et toujours au régime !

Alyssia n'avait pas non plus spécialement envie de rejoindre sa nouvelle famille. D'autant que l'ambition lui était venue – tout à fait récente, mais bien réfléchie – de réussir son concours. Elle s'en sentait capable, mélange de confiance insufflée par son histoire d'amour, de culture générale acquise à travers la recherche du portrait, et d'un dossier technique dont son prof de dessin lui avait dit qu'il tenait la route.

C'était le dernier coup de collier avant les épreuves, pendant que Théophile peaufinait son mémoire. De fin d'études, lui.

Ils avaient décidé de ne pas se voir pendant cette période ; ou plutôt, Théo considérait que c'était mieux ainsi, et il avait certainement raison.

Le voyage lui parut bien long, traversé de tant d'appréhensions. Comme on ramène toujours tout à ses propres questions, elle craignait que sa grand-mère, si jalouse de ses silences, n'ait découvert l'enquête qu'elle menait avec Théophile. Qu'elle en soit scandalisée, se soit plainte à Antoine, ait demandé des explications... Quand elle regardait du côté de son père, elle réalisait qu'elle n'était pas retournée aux États-Unis depuis presque un an, savait qu'il allait le lui reprocher etc., etc.

Orléans, Poitiers, Bordeaux. Au fur et à mesure que le train se rapprochait de Montauban, elle accumulait les raisons de s'inquiéter. À minuit, en descendant du train à la gare de Ville-Bourbon, son mini-sac à dos au bout des doigts, elle était morte de peur. Même si elle retrouvait la familiarité de la nuit d'été, les parfums de figues et de maïs qui signaient les grosses chaleurs de la journée.

Un employé de la gare lui souhaita la bienvenue en fermant le portillon derrière elle. Sa rousseur vénitienne, toujours... Pourtant, elle était bien chez elle, ici !

Sur l'esplanade, il y avait des embrassades, des rires, des grandes poignées de mains et du bonheur à la pelle. Les voitures venaient s'arrêter à touche-touche devant elle pour charger des arrivants. Mais son père, toujours si prompt à s'agacer de ses retards et de ses oublis à elle, n'était pas dans la file...

Par mesure de rétorsion, elle décida de partir à pied. Depuis un an, elle connaissait bien le chemin, les briques fluo sous les lampadaires, l'humidité un peu pourrissante aux abords du pont, les jets d'arrosage nocturne sur les allées Mortarieu ; et puis enfin, le faubourg, si calme.

Mais cette fois-ci le cœur n'y était pas, elle avait peur d'arriver.

— Alyssiiia, Alyssiiia ?

Elle s'arrêta, en alerte. Vicky venait vers elle, ses talons aiguille dérapant sur les pavés. Elle paraissait hagarde. Son maquillage trop noir lui faisait des yeux de hibou et ses cheveux en vrac, comme une collerette platine dans l'obscurité.

Alyssia se dit tout cela en la regardant courir ; et aussi qu'elle n'était pas très sympa envers sa belle-mère, qui finalement ne lui avait rien fait.

— Je me suis trompée pour aller, toutes ces rues petites…

À sa manière tactile, essoufflée, un peu transpirante, elle se jeta sur la jeune fille et l'entoura de ses bras.

— *Dear, oh dear*, ta Granny…

Elle éclata en sanglots au lieu de parler.

Alyssia mit au moins une minute pour comprendre.

Main dans la main, l'une tirant l'autre, elles remontèrent le faubourg jusqu'à la villa Mirasol.

Le portail grinça et son père apparut aussitôt sur le perron.

Il pleurait, lui aussi. Et il avait l'air de trouver cela normal.

— Elle est morte juste au moment où ton train arrivait. C'est pour cela que Vicky est venue te chercher…

Sans même s'en rendre compte, Alyssia se mit au diapason des larmes et des embrassades interminables, collées-serrées, qui font du bien quand même. Avant Vicky, son père ne pratiquait pas cela. Et ici, à la villa Mirasol, ce n'était pas le genre de la maison.

Il l'emmena en haut de l'escalier, dans la chambre où elle n'était presque jamais entrée.

Granny, toute blanche dans son lit blanc, la peau presque translucide, les paupières bleues, ses épais cheveux blancs encore vivants, semblait déridée, rajeunie, apaisée.

— Le médecin va venir pour constater le décès. En attendant…

La pièce était une chambre de malade au long cours, avec tout un attirail de médicaments et de matériel, support de perfusion et bassin.

Ils s'assirent sur deux fauteuils, comme en visite.

Alyssia n'avait aucune envie de poser des questions mais Antoine y répondit en chuchotant, comme si Apolline pouvait les entendre.

— Cela faisait un moment qu'elle se savait malade. Quand nous avons organisé notre voyage en Europe, elle m'a juste demandé de passer... Heureusement que nous avons décidé de venir tout de suite !

— Elle t'aura attendu...

Un long silence, où leurs respirations se croisaient.

— Peut-être. Elle était déjà très faible quand nous sommes arrivés. Son médecin est très bien. Il s'est occupé d'elle avec l'infirmière, depuis qu'elle ne se levait plus. Elle voulait mettre ses affaires en ordre, puis s'évanouir sans déranger personne, paraît-il...

Antoine soupira.

— Comme si je n'existais pas !

Il se rappela qu'il s'adressait à sa fille.

— Mais tu sais, avant-hier, quand elle pouvait encore s'exprimer, c'est de toi qu'elle parlait ! Elle était très fière de ce que tu faisais. Il paraît que tu as de l'or dans les mains. Et puis aussi, tes recherches sur je ne sais quoi ?

C'en était trop. Alyssia ne retint plus ses sanglots. Elle profita de l'arrivée du médecin pour quitter la chambre. Vicky, avec toujours sa drôle de tête de hibou, alla entourer les épaules de son mari.

Alyssia aussi, qui n'était plus qu'une boule de sanglots, aurait voulu un bras tendre autour d'elle. Celui de Théo. Jamais elle n'avait autant éprouvé le manque de quelqu'un. Même de sa mère, autrefois.

Mais Théo était sur répondeur. Un bref message expliquait qu'il se consacrait à ses derniers examens. « Mon répondeur ne prend pas de messages actuellement. »

Quand il faisait quelque chose, il le faisait à fond. Alors, elle ne rappela pas, avec la certitude qu'ensuite, il serait complètement là. Tellement sérieux…

Il téléphona au bout d'une longue semaine.

Alyssia avait assisté à l'enterrement de Granny dans la grande cathédrale qu'elle détestait, et quitté aussitôt la villa Mirasol. Pas le choix, elle devait défendre son dossier au grand oral du concours. Elle l'avait fait dans un état d'extrême concentration, portée par la haute idée que sa grand-mère se faisait d'elle.

— Et honnêtement, je pense que j'ai réussi ! Le jury a regardé mon travail avec des commentaires positifs. On m'a posé les questions auxquelles je m'attendais, j'étais à l'aise pour répondre. À la fin, la présidente a dit une phrase plutôt sympa, du genre « rendez-vous à la rentrée… ».

Théo, lui, accusait le coup. S'il avait su… Il était tellement désolé de n'avoir pas été là. Alyssia devait être bouleversée, et lui aussi, d'ailleurs, l'était.

— Ta Granny m'avait si bien accueilli, c'était une telle personnalité…

Il trouvait juste les mots qu'il fallait.

— Et ton père ?

— Ils sont repartis aussi, en même temps que moi. Apparemment leur voyage en Europe centrale ne pouvait plus attendre. Et toi ? Tu as tout fini ?

Non, Théo continuait à rédiger ; cela avançait, mais il n'avait pas terminé. Parce qu'il avait fait une petite recherche, « comme une récré, tu vois... ». Il avait hésité à appeler, mais c'était trop important.

— J'ai retrouvé le brocanteur qui a vidé la grange de Queyssac. Je me disais que si Apolline avait ratissé les ventes aux enchères toute sa vie, c'est qu'elle savait qu'il fallait chercher par là. Et vite. Il n'y a pas tant de brocs que cela dans la région : il s'appelle Saulevade, à Souillac, rue de Cahors.

Théo était allé le voir avant qu'il ne disperse sa marchandise. Un voyage express.

— Sachant la date de ta convocation aux Beaux-Arts, je ne voulais surtout pas te déconcentrer avant. Bien sûr, si j'avais su... c'était le jour de l'enterrement.

Le brocanteur, autant qu'antiquaire, était surtout ébéniste.

— Un bon professionnel, qui connaît très bien sa région et sa clientèle.

Saulevade l'avait reçu dans sa boutique. Mais comprenant que ce jeune homme n'était pas vraiment un client pour son mobilier rustique et bien ciré, il l'avait emmené dans son atelier. De toute façon, il aimait parler de son métier, et un futur commissaire-priseur, cela se soigne !

Théophile l'avait suivi à trois rues de là, dans un immense entrepôt encombré. C'était ici que M. Saulevade réparait, transformait, décapait, passait au brou de noix, à la lasure ou au pigment du

Roussillon, pour s'adapter à la demande. Là que les douilles d'obus et les dames-jeannes devenaient lampes, les armoires désossées des portes de dressing, les pots à lait de zinc des vases…

— La grange de Queyssac ?

Bien sûr, il connaissait. Cela faisait longtemps qu'il avait proposé à la propriétaire de lui acheter des armes anciennes pour lesquelles il avait des acquéreurs étrangers.

— Il y a beaucoup d'Anglais que cela intéresse. Vous savez, ils sont chez eux ici depuis la guerre de Cent Ans !

Non, elle ne voulait toucher à rien, disait que cela se ferait après elle. Mais elle avait bon pied bon œil, la dame, lui prendrait sa retraite avant ! Finalement, c'est avec le fils qu'il avait fait affaire, juste pour débarrasser une grange.

— Ah ça oui, il y avait pas mal de choses ! Tout ce qui ne servait plus au château avait été entassé là, puis oublié. Mais rien d'exceptionnel ; et surtout mal conservé, abîmé par le froid et l'humidité.

Ce qu'il avait pu sauver, il s'en souvenait bien, c'était la vaisselle, les cuivres, des pièces d'étain assez anciennes. En revanche, une catastrophe pour les livres : les reliures de cuir étaient moisies et les pages bouffées par les souris.

— J'ai acheté et jeté dans la foulée ! Des uniformes militaires aussi, mangés par les mites ; je n'ai récupéré que les boutons et les épaulettes.

Il soupirait… Cela ne semblait décidément pas une bonne affaire, cette grange !

— Des tableaux ? Il y avait bien quelques gravures religieuses encadrées, comme on en trouve énormément dans nos campagnes ; mais il n'y a pas beaucoup de demande pour ça. Sinon oui, en effet, quelques toiles roulées, en mauvais état, dans une caisse éventrée.

« De la peinture moderne, début du XXe, ce n'est pas ma spécialité, et je n'ai pas la clientèle. En général, les gens achètent des tableaux pour leurs cadres aussi, ils veulent pouvoir les accrocher directement sur leurs murs. Vous voulez vraiment savoir ce que c'est devenu ? Attendez !

Sur l'établi il avait attrapé un classeur un peu crasseux, bourré de papiers volants, factures, adresses et listes en tous genres.

— Voilà !

Tout le lot avait été revendu à une maison d'enchères de Bergerac, Dordogne, pour une bouchée de pain.

— Vous devez bien le savoir, vous : ces portraits qui n'ont pas d'histoire – on ne sait pas qui les a peints, ni qui est représenté –, il faut leur en créer une. Alors, les commissaires-priseurs les rajoutent à une vente « sur place », pour enrichir l'offre, dans une propriété qui, elle, en regorge. Je n'ai aucune idée des ventes à venir dans la région, mais vous trouverez bien les dates dans la presse locale…

ÉPILOGUE
2005

Un tableau ne vit que par celui qui le regarde.
Pablo Picasso

Le vieux château de La Poujolle, tout de frais restauré, est le héros du jour, après cinq années de travaux.

En tant que généreux mécènes du musée, M. Chamassy et son épouse ont été invités à déjeuner avant l'inauguration, avec les autres personnalités. Tout le gratin départemental est là, autour de la jolie conservatrice du nouveau musée : sous-préfet, architecte des bâtiments de France, responsables du patrimoine, historiens et journalistes locaux. Sous la grande tente blanche dressée pour le buffet du déjeuner, il fait déjà une chaleur de four.

Vicky, plus bronzée que jamais, robe pailletée et sandales dorées, joue consciencieusement l'Américaine de service et donne la réplique – en anglais exclusivement – à tous ceux qui voudraient en savoir plus sur la saga de French Flavours. « Partie d'Occitanie pour conquérir le monde », note un journaliste sur son carnet.

Mais Antoine, dont la tension monte à mesure que se rapproche l'heure du discours, a desserré sa cravate – cette manie des Français de porter un costume par temps de canicule ! – et s'est éloigné pour rejoindre la serpentine qui parcourt le parc. Un peu de fraîcheur et de calme s'il vous plaît ! Il en a fait des discours dans sa vie, mais celui-là est de loin le plus difficile. Si longtemps qu'il le prépare !

— Vous retracerez la vie de votre mère, n'est-ce pas ? lui a demandé la maire fraîchement élue de La Poujolle. C'est une histoire tellement intéressante ! Terrible aussi, bien sûr..., a-t-elle ajouté devant la mine de son interlocuteur.

Raconter Apolline, disparue cinq ans plus tôt... Il en a écrit plusieurs pages bien serrées, qu'il palpe entre ses doigts à chaque fois qu'il met la main à la poche, c'est-à-dire une fois par minute.

C'est Théophile qui prendra la parole le premier, pour la partie technique. Théophile l'indispensable. Il a organisé la cérémonie avec la conservatrice, mis en scène les dessins d'Alyssia, qui racontent leur histoire à tous, en portraits et en paysages. Il a aussi rédigé la biographie documentée d'Anton Drovic. Mais lui, c'est son métier, il a ses fiches, sa méthodologie, ses citations !

Antoine jette un œil à la panoplie des panneaux indicateurs déployés à travers le parc : boutique, musée, entrée, orangerie, parc, parking... Voilà, ils arriveront par là : Alyssia et lui ne seront là qu'au dernier moment, après la sieste de la petite Apolline, treize mois tout ronds aujourd'hui.

— Un café, monsieur ?

Le serveur a traversé la pelouse grillée de soleil pour le rejoindre avec son plateau.

— Deux, même, s'il vous plaît !

Cela le détend un peu. Mais là-bas, le mouvement s'amorce déjà, comme une vague roulant les invités jusqu'au perron du château. Il veut résister encore un peu, regarde la façade. De belles pierres dorées, deux tours rondouillardes dont le toit de lauze a été refait à neuf, des corbeilles de fleurs plantées au cordeau. Le nouveau musée, qu'ils attendaient depuis des années, est fin prêt pour recevoir la donation.

Vicky le rejoint, enfonçant ses talons dans la pelouse, et le prend par le coude pour le ramener dans l'étuve.

— Tu n'as rien mangé !

Il avoue. Se laisse faire quand elle rapporte trois radis et deux bâtonnets de carotte dans une assiette.

— Ouh ouh !

Depuis une fenêtre, le jeune couple, bébé dans les bras, leur fait de grands signes. C'est l'heure d'y aller. Antoine resserre sa cravate, sa femme le coiffe avec ses doigts. Ou plutôt lui caresse le crâne. Son père aurait-il vieilli ainsi dégarni ? La liste est longue de ces questions qu'il se pose sans cesse.

Dans le hall, un grand salon à gauche, désormais rebaptisé « salle Fogarscy ». Un panneau à l'entrée retrace l'histoire de Milan et Dora, ainsi que de leurs enfants, Dorothea, Istvan, Matyas et Hannah. Avec un petit développement sur le parcours de Dorothée à Montauban.

Théo a écrit un beau texte ; et lui a financé la plaque, qu'ils ont voulue très belle aussi. Il paraît qu'ils l'étaient tous tellement !

Dans cette salle est exposé le trésor du nouveau musée : la collection Fogarscy, venue d'Autriche en 1938, présentée à Paris en 1939, et disparue entre 1940 et 1998. Plus d'un demi-siècle ! Un petit nu expressionniste d'Edvard Munch en est le bijou. Avec un dessin d'Egon Schiele, peut-être un autoportrait tourmenté, colorisé de teintes violentes. Plusieurs représentants de l'Art nouveau autrichien, moins connus, des affiches, toutes en couleurs. Hélas, le Klimt que possédait Fogarscy à l'époque a disparu. Et les tableaux de Kallan appartiennent maintenant à un collectionneur américain.

C'est dans l'ancienne salle à manger qu'auront lieu les discours. Le public s'est déjà sagement déployé dans l'alignement des chaises pliantes, au large du pupitre à micro. Seule la petite Apolline, peu concernée par la solennité du moment, galope au centre de la pièce, sur ses gambettes un peu instables.

« Elle a le bon goût de ne ressembler à personne, cette enfant ! » se dit le grand-père en entrant dans l'arène. Ni à son arrière-grand-mère dont elle porte le nom, ni à sa grand-mère Édith, et pas non plus à sa mère. Dans tout ce qu'elle fait, elle montre le sérieux inébranlable de son père. Lequel, nœud papillon rouge vif impeccablement noué, met en ordre ses fiches cartonnées.

— Monsieur le conservateur, Madame la maire, messieurs et mesdames…

Le sous-préfet entame les hostilités. Antoine triture de plus belle ses feuillets.

— Le château de La Poujolle, notre histoire et notre patrimoine… Un projet porté par la Région… Avec la participation de l'Europe, les objectifs du développement touristique…

Applaudissements polis. La maire prend le relais, tout sourire et enthousiasme.

— Un pôle culturel très important pour notre commune… Rendu possible par la donation de la famille Chamassy. L'honneur de la recevoir, avec notre immense gratitude… Après tant d'années de travail, voici enfin venu le moment de l'inauguration !

Dans la fraîcheur des vieux murs, le public plonge doucement dans une sieste polie. Ce ronron de paroles sans surprises est bien agréable.

C'est au tour de Théo.

— Monsieur le sous-préfet, madame la maire, monsieur le conservateur, mesdames et messieurs…

La voix claire du jeune homme résonne plus fort, en réveillant certains.

— Ma femme m'a supplié de ne pas vous imposer un interminable cours d'histoire de l'art ! Néanmoins, une petite présentation des œuvres rassemblées par Mme Chamassy tout au long de sa vie : Derain, Balthus, Le-Tan… Nous connaissons leur importance dans l'art du XXe siècle. Je me bornerai à souligner que ce sont dans tous les cas ici des œuvres de jeunesse : elle avait ce qu'on appelle « un œil », a su les repérer et les aimer avant tout le monde. Dans la salle à votre droite, vous pourrez admirer de véritables chefs-d'œuvre, sous le patronage du talentueux marchand d'art viennois que fut Milan Fogarscy. Mais celle-ci est consacrée à une histoire plus intime…

D'un geste, il désigne la toile presque carrée des *Deux jeunes filles*, restaurée et encadrée. Mise en valeur sur le panneau séparant les deux portes-fenêtres, pour lui offrir la meilleure lumière possible, et entourée de six autres toiles, des paysages et des portraits.

— Comme vous le savez, chaque époque réinterprète différemment les œuvres, et c'est cela qui est intéressant. Ainsi, un portrait montre toujours quelque chose au-delà de ce que l'on voit. C'est le miracle de l'art, outre de célébrer la beauté, de fixer, de figer un instant précis, qui ne reviendra pas. Dans le cas d'Anton Drovic, l'auteur des *Deux jeunes filles* disparu prématurément et dont nous possédons très peu d'œuvres, je vous propose une interprétation pour aujourd'hui : le début d'un regard d'amour, d'une histoire qui n'a pas pu advenir... Mais que l'amour qui transpirait ici au moins demeure et se transmette, s'offre à tous les visiteurs de ce superbe musée ! Je vous remercie de votre attention...

Nouveaux applaudissements, dont profite la petite Apolline pour se jeter dans les jambes de son père.

Voilà, c'est maintenant à Antoine de parler. On en est au quatrième discours, tout le monde commence à remuer sur sa chaise, avide de découvrir le musée-château.

Il s'avance, tire d'un coup sec un drap blanc, dévoilant la grande photographie de sa mère placée à la gauche de l'entrée, avec la simple mention :

Salle Apolline Chamassy (1926-1999)

Le cliché date du temps où elle tenait le marteau à l'hôtel des ventes de la rue du Paon ; très jeune, avec sa mèche de cheveux très blanche. Le regard autoritaire fixe l'assemblée.

Antoine étire courageusement son sourire, déplie les feuillets et s'accroche à son texte, tâchant d'effacer l'accent yankee acquis avec les années. Il a écrit son discours avec soin, et espère aller jusqu'au bout.

— Si nous avons souhaité, ma femme, ma fille et moi, faire cette donation au château de La Poujolle, au moment où le projet d'un musée ouvert au public s'est formé, c'est parce que c'est ici même que les *Deux jeunes filles* ont réapparu, près de soixante années après avoir été peintes. Ici aussi qu'elles nous ont été rendues. Également parce que ces lieux, comme beaucoup d'autres dans la région, ont servi pendant la guerre de refuge aux œuvres d'art qui fuyaient le pillage des nazis.

Un petit silence, et il se lance, un ton plus bas.

— Née dans une vieille famille montalbanaise, Apolline Chamassy… Une jeunesse marquée par les événements que l'on connaît désormais bien grâce à nos historiens : la guerre, la Résistance dans notre région, les enfants juifs cachés dans les établissements religieux, le camp de Septfonds, où a été assassinée Dorothée Fogarscy, et où elle est enterrée…

Alyssia, retenant avec difficulté sa fille qui gigote dans ses bras, scande de la tête ces dates qu'elle connaît par cœur, scrute le visage de son père, inquiète d'y découvrir trop d'émotions.

Il se tourne vers le portrait.

— Ce portrait disparu pendant la guerre, ma mère l'a cherché ensuite toute sa vie. C'est le témoignage d'une amitié, une amitié qui a changé sa vie, lui a ouvert aussi les horizons infinis de l'art. Mais elle est morte avant que sa petite-fille ne le retrouve... C'est aussi l'emblème d'une vie manquée, car ma mère, après le moment de grâce saisi ici par le peintre, n'a jamais plus été tout à fait heureuse. Peut-être le serait-elle aujourd'hui ?

Antoine a trouvé son rythme, déroule ce qu'il a prévu de dire sans regarder son papier. Même si sa voix s'étrangle.

— Des vies manquées, au pluriel. Gâchées, abîmées. L'auteur de ce tableau, Anton Drovic, mon père, n'aura jamais vécu avec ma mère, et n'aura jamais connu son fils... Je peux dire à quel point il nous a manqué à tous ! Il m'a fallu cinquante ans pour arracher la vérité à ma mère, il m'a fallu voir enfin ce tableau pour la comprendre. Puisque seul l'art pouvait lui apporter un peu de paix et de joie, je suis heureux d'offrir sa collection au public, c'est-à-dire un peu de paix, un peu de joie...

Antoine baisse la tête vers ses papiers, les replie soigneusement en huit.

Alyssia vient l'embrasser, lui fourre le bébé dans les bras. Lequel lui pique aussitôt ses lunettes embuées. Et dilue l'émotion.

Il le faut, car le public se met à remuer. La queue se forme devant l'orateur, à cause de cette émotion qu'il a offerte, justement.

Il y a un homme en veste de cuir noir, « par cette chaleur, mon Dieu ! » se dit Antoine. Alyssia fait les présentations :

— Monsieur Laroche, qui a emporté aux enchères les toiles d'Anton Drovic il y a cinq ans et qui a offert l'ensemble du lot au musée...

— Bien obligé ! rigole Laroche en lui secouant la main. J'ai cru que votre fille allait m'arracher les yeux ! De toute façon, une fois la provenance des œuvres prouvée, j'aurais été convaincu de recel si je ne les restituais pas ! M. Théophile me l'a bien précisé.

S'approche encore une dame très âgée, aux yeux et aux cheveux très pâles.

— J'ai été très touchée de ce que vous avez dit, monsieur. Je suis Suzanne Couderc, la fille de Reine. Ma mère a travaillé à la villa Mirasol quand elle était jeune fille...

— Bien sûr, j'ai entendu parler de Reine !

— J'étais encore très petite à la fin de la guerre, quand nous avons été adoptées, ma sœur et moi, par les Couderc. Mes parents, qui étaient polonais, ont été arrêtés en 1942, sans doute à la même époque que Dorothée. Nos histoires sont liées, car notre mère nous emmenait quelquefois mettre des fleurs sur sa tombe, dans le petit cimetière de Septfonds. Il y avait juste deux initiales, D. F., mais je pense que je saurai encore la retrouver...

REMERCIEMENTS

Tous mes remerciements vont

À ma mère, qui a raconté dans ses *Souvenirs* ses années d'enfance à Montauban, pendant la guerre.

À Agnès Brot, qui connaît si bien le Lot qu'elle m'a menée tout droit dans les lieux où furent cachés des tableaux, à partir d'indications parfois sommaires.

Et à tous ceux qui nous y ont aimablement reçues et renseignées.

À Bernadette Costa, qui m'a promenée à travers le Montauban d'autrefois.

À M. Michel Yvon, pour ses travaux sur les tableaux cachés dans le Lot, et sa disponibilité à les partager.

Aux archives des Dames de Saint-Maur (Sœurs de l'Enfant Jésus - Nicolas Barré, à Paris) et aux archives diocésaines de Montauban.

BIBLIOGRAPHIE

FELICIANO Hector, *Le Musée disparu : enquête sur le pillage des œuvres d'art en France par les nazis*, Gallimard, 2008.

MAZAURIC Lucie, *Le Louvre en voyage, 1939-1945, ou Ma vie de château*, Plon, 1978 (épuisé).

FAU Jean-Claude (dir.), *Ces Tarn-et-Garonnais qui ont aidé et sauvé des Juifs durant les années noires, 1940-1944*, Association Mgr Théas, les Juifs, les Justes, CDDP de Tarn-et-Garonne, 2006.

VALLAND Rose, *Le Front de l'art : défense des collections françaises, 1939-1945*, Réunion des musée nationaux-Grand Palais, 2014 (éd. revue et augmentée).

POLACK Emmanuelle, DAGEN Philippe, *Les Carnets de Rose Valland : le pillage des collections privées d'œuvres d'art en France durant la Seconde Guerre mondiale*, Farge éditions, 2019 (nouvelle édition revue et augmentée).

Louvre-sur-Lot, exode des œuvres du musée du Louvre, revue éditée à l'occasion de l'exposition du même nom, préfecture du Lot, 2019.

GUÉNO Jean-Pierre (dir.), *Paroles d'étoiles : mémoire d'enfants cachés, 1939-1945*, Librio, 2012.

Collection

TERRITOIRES

Jean ANGLADE
Une vie en rouge et bleu
Le Dernier de la paroisse
Le Choix d'Auguste
Le Sculpteur de nuages
Les Cousins Belloc
Le Grand Dérangement

Sylvie ANNE
Le Gantier de Jourgnac
La Maison du feuillardier

Sylvie BARON
Un été à Rochegonde
Les Ruchers de la colère
L'Auberge du pont de Tréboul
L'Héritière des Fajoux
Rendez-vous à Belinay
Terminus Garabit
Un coin de parapluie
Une Miss pas comme les autres

Jean-François BAZIN
Les Raisins bleus
Le Clos des Monts-Luisants
Le Vin de Bonne-Espérance
Les Compagnons du grand flot
Le Maître de la lumière
Le Dernier Tonnelier

Henriette BERNIER
Le Baron des champs

Jean-Baptiste BESTER
L'Homme de la Clarée
Plus près des anges
Les Amants de Sainte-Catherine
Meurtre au pont du Diable

Françoise BOURDON
Le Moulin des Sources
Le Mas des Tilleuls
La Grange de Rochebrune
Retour au pays bleu
Le Fils maudit
Les Sentiers de l'exil
Les roses sont éternelles
Le Maître du Castellar
Le Secret de Belle Épine
Pour oublier la nuit

Édouard BRASEY
Les Lavandières de Brocéliande
Les Pardons de Locronan
La Sirène d'Ouessant
L'Affaire Cabre d'or
Le Domaine des oliviers
Les Fils du patriarche

Patrick BREUZÉ
Les Remèdes de nos campagnes
La Valse des nuages
L'Étoile immobile
Mon fils va venir me chercher
La Montagne pour refuge
Versant secret
Les Buveurs de ciel

Nathalie de BROC
La Vallée des ambitions
La Robe pourpre

Michel CAFFIER
Corne de brume
La Paille et l'Osier
Les Étincelles de l'espoir

Anne COURTILLÉ
La Tentation d'Isabeau
Le Gaucher du diable
Les Damoiselles de Clermont

Annie DEGROOTE
Les Racines du temps
D'infinies promesses

Jérôme DELIRY
Une rivière trop tranquille
L'Héritage de Terrefondrée
La Maraude

Raphaël DELPARD
L'Enfant sans étoile
Pour l'amour de ma terre
L'enfant qui parlait avec les nuages
Le Courage de Louise

Alain DUBOS
La Mémoire du vent
La Corne de Dieu
Le Dernier Combat du Dr Cassagne

Élise FISCHER
Les Noces de Marie-Victoire
Je jouerai encore pour nous
Villa Sourire
L'Étrange Destin de Marie
Le Jardin de Pétronille
Aux Deux Hirondelles
Les Femmes des terres salées
La Promesse du sel
Le Vin de Pâques
Marionnettes d'amour
Là où renaît l'espoir

Emmanuelle FRIEDMANN
Le Rêveur des Halles
La Dynastie des Chevallier
L'Orphelinat
La Faute des autres

Alain GANDY
Les Cousins de Saintonge

Gérard GEORGES
Une terre pour demain
Le Destin des Renardias
Le Bal des conscrits
Mademoiselle Clarisse
Anatole, fils de personne
La Mésangère

Georges-Patrick GLEIZE
La Fille de la fabrique

Pas plus tard que l'aurore
Le Serment des oliviers
Le Vent de la jeunesse
Quelques pas dans la neige
Les Noisetiers du bout du monde
Le Crépuscule des Justes
Même les pierres ont une histoire
La Montagne des autres

Yves HUGHES
Et meurent les marionnettes

Yves JACOB
Sous l'ombre des pommiers
Le Silence de Justine

Corinne JAVELAUD
L'Ombre de Rose-May
Les Petits papiers de Marie-Lou

Guillemette de la BORIE
La Dernière Héritière

Hélène LEGRAIS
L'Ermitage du soleil
Les Héros perdus de Gabrielle
Les Ailes de la tramontane
La Guerre des cousins Buscail
Les montagnes chantaient la liberté
Ceux du Château, ceux du Moulin
Trois gouttes de sang grenat
Les Anges de Beau-Rivage
Le Bal des poupées
Le Front dans l'azur
Nous étions trois
Le Cabanon à l'étoile

Philippe LEMAIRE
Rue de la Côte-Chaude
L'Enfant des silences
L'Oiseau de passage
La Mélancolie du renard

Alfred LENGLET
Du poison dans les veines
Jeux mortels en hiver
Temps de haine
Cœurs de glace

Éric Le NABOUR
Retour à Tinténiac
La Louve de Lorient
À l'ombre de nos larmes
La Frondeuse
Cécile et les Beaujour
Comme une aube fragile

Jean-Paul MALAVAL
L'Or des Borderies
Soleil d'octobre
Les Noces de soie
La Villa des térébinthes
Rendez-vous à Fontbelair
La Folie des Bassompierre
Chronique des Strenquel
La Bastide aux chagrins
Les Sœurs Querelle
Les Larmes de la pinède
La Belle Étrangère
Adélaïde au bord de la falaise
Les Gens de Combeval
La Souveraine en son domaine
Un si joli mariage
Rue de la Fontaine-Bleue

Un cœur solitaire dans une maison trop grande
Un été sous les tilleuls
La Vallée des eaux amères

Antonin MALROUX
La Promesse des lilas
La Cascade des loups
La Pierre marquée
L'Homme aux ciseaux d'argent
Les prés refleuriront
Fenêtre sur village
Marie des Adrets
L'Espoir de belles aurores
Le Pain de paille
Le Cœur de mon père
Le Charpentier du paradis

Jean-Luc MOUSSET
L'Enfant des labours
Le Secret de Neige

Frédéric PONS
Les Pèlerins du diable

Agathe PORTAIL
L'Année du gel
Piqûres de rappel
De la même veine

Nicole PROVENCE
Le Secret d'Aiglantine

Joël RAGUÉNÈS
La Maîtresse de Ker-Huella
La Dame de Roz Avel
La Sirène du port
Les Trois Saisons de la vie
L'Or du lin
Les Vies de Jeanne
Pêcheurs du bout du monde
Les Derniers seigneurs de la mer

Florence ROCHE
La Terre des Falgères
L'École du lac
La Réfugiée du domaine

Élisabeth SEGARD
Une certaine idée du paradis

Geneviève SENGER
La Maison Vogel
L'Enfant de la Cerisaie
La Dynastie des Weber
Les Jumeaux du val d'amour
La Promesse de Rose
Les Bellanger
La Dame des Genêts
L'Or de Salomé
La Terre originelle

Jean SICCARDI
La Source de saint Germain
Le Maître du diamant noir
L'Ivresse des anges
L'Auberge du gué
Gaston des vignes
La Chapelle des Templiers

Bernard SIMONAY
L'Or du Solognot
Le Marais des ombres
Meurtres d'outre-tombe

Jean-Michel THIBAUX
L'Olivier du Diable
Le Maître des Bastides
Le Rappel du tambour

Katia VALÈRE
Après la nuit vient l'aube

Brigitte VAREL
Le Secret des pierres

Louis-Olivier VITTÉ
La Guérisseuse de Peyreforte
Là où coule une rivière
Le Secret de Tire-Lune
La Statue engloutie
La Dame des vignes hautes
La Femme qui voulait voir la mer
Petit Jean

Colette VLÉRICK
L'Enfant sur le pont
Un air de liberté
La Nacre des abers
Dans la lumière de Pont-Aven
Rêve d'indiennes

Photocomposition Belle Page

Achevé d'imprimer en décembre 2021
par CPI BUSSIÈRE (18200 Saint-Amand-Montrond)
pour le compte des Éditions Calmann-Lévy
21, rue du Montparnasse, 75006 Paris

N° d'éditeur : 5207815/01
N° d'imprimeur : 2062310
Dépôt légal : janvier 2022
Imprimé en France.